講談社文庫

非リア王

カレー沢 薫

講談社

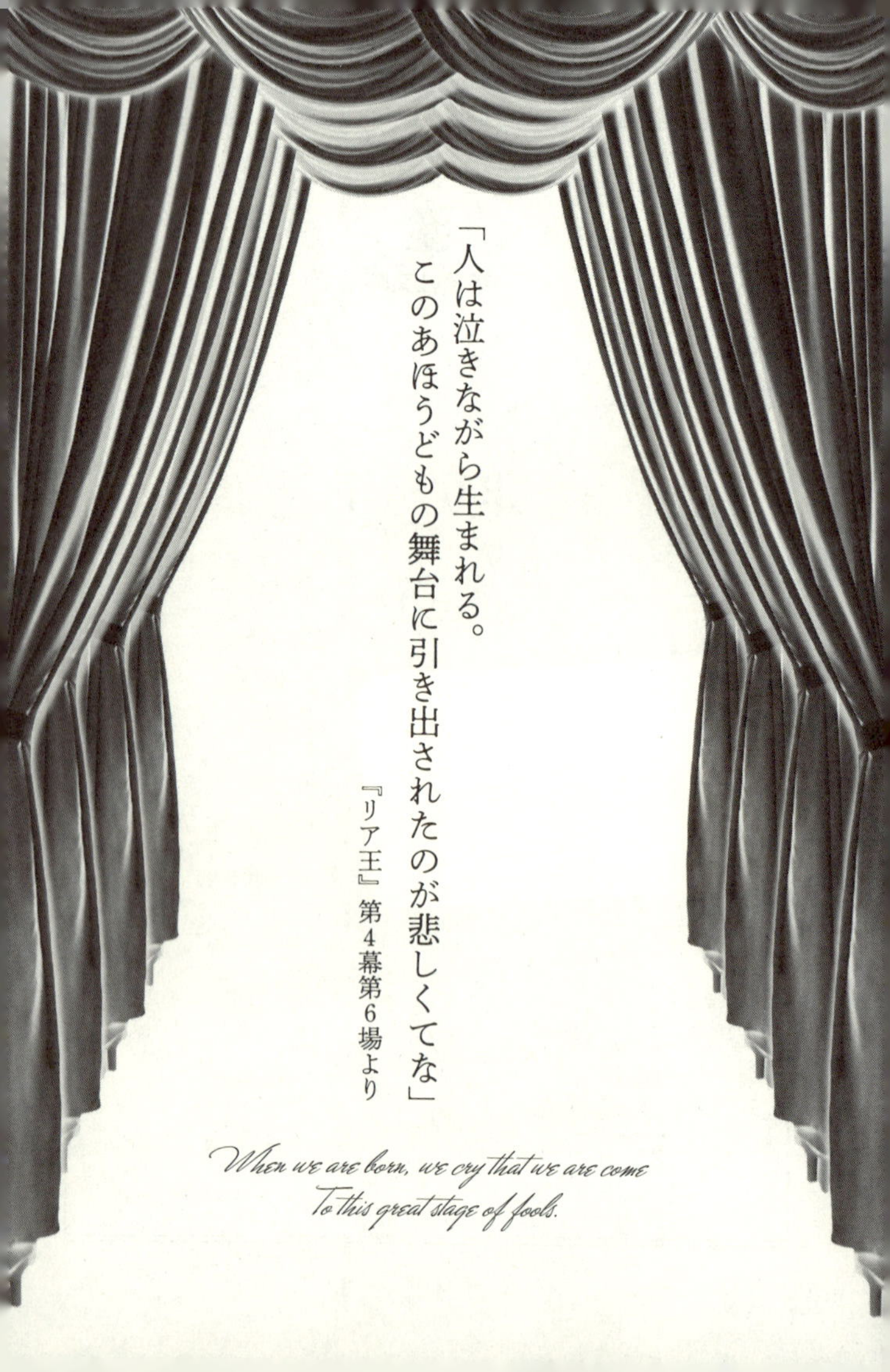

「人は泣きながら生まれる。
このあほうどもの舞台に引き出されたのが悲しくてな」

『リア王』第4幕第6場より

When we are born, we cry that we are come
To this great stage of fools.

もくじ

IT用語

時流漂流

まえがき

本書は『非リア王』というタイトル通り、非リア充の生態について論じた本なのだが、まず文庫化段階で「非リア充」という言葉自体がもう使い古されている気がする。

作家と出版のプロが二人そろって「言葉は腐る」という基本を忘却してしまっているという痛恨のミスである。

しかもその非リア充についても半分ぐらいしか語っていない、残り半分は突然、IT用語、そして時事問題という、この世で最も腐りやすいものがぶち込まれている。

つまりこの本はほとんど腐っているので、夏場には読まない方がいい、買うだけにしておくべきだ。

しかし、言葉は腐っても本質は変わらない、非リア充という言葉が生まれる以前でもそういうタイプの人間は存在し「え〜と誰だっけ？」という別の名称で呼ばれていただけなのである。

非リア充という言葉が滅んでも、それらはまた別の名称で呼ばれるだけなのだ、むしろそういう呼称がないと「暗い人」「著しく協調性に欠ける人」など、わかりやすく社会不適合者なのだとバレてしまう。

それを「俺非リア充だから」という、イマイチ実態が見えない言葉で先手を打つことにより「なんだか良くわからねえが『俺○○だから』と自称する奴にろくな奴はいないから関わらないでおこう」と、ずいぶん印象を柔らかくすることができるのである。

つまり本書は、名前は変われど、人類が滅びるまで存在する人間について論じた本なので、ある意味、腐るどころか半永久的に読まずに保存しておいてよい本と言えるのだ。

そんな普遍的なテーマなら、本一冊分ぐらい書けるだろう、何故途中からテーマが変わったのか、書いている奴が途中で死んだのか、と思うかもしれないが、残念ながら書いている奴は生きている。

だが、掲載誌が死んだのだ。

非リア充的な人間は滅びなくても、雑誌の方は滅びるである。

掲載誌が休刊になってしまったため、「非リア王」の連載も止まってしまったのだが、その時担当は「続きはＷＥＢで」という、テレビ界で最も萎《な》えるセリフを言って連載再開を明言していたのだが、本書で雑誌掲載での最終話を読んでもらえればわかるように明らかに「これが最終回」になることを予測している。

非リア充をなめてもらっては困る。非リア充は、暗い未来に関しては先見の明があるという、矛盾を極めた存在なのだ、つまりマイナス思考すぎるので、常に最悪のパターンを想像する。

そしてその想像通り、「非リア王」はいろいろあって再開することがなかった。いろいろの内容を担当に問い詰めたい気もするが、この本の編集中にその担当が自転車で転んで骨折したので、それでもう良しとしている。

とても本にできるほど、原稿がたまってなかったので、文庫化すら流れそうな勢いであったが、同じく文庫化が宙に浮いていた他媒体で連載していたコラムで水増しすることにより、無事本にすることができた。

このように、生まれるまでの経緯がすでに薄曇り、という本なのだが、非リア充の人生自体が大体そんな感じだ。

しかし、常に曇っているなら、晴れでも雨でもある程度対処できる、そんな柔軟性のある生き方でもあるのである。

ただ、いつ晴れてもいいように備えてはいるのだが、一向に晴れないまま終わりがちなのも非リア充の人生である。

ちなみに雨はわりと降る。

カレー沢薫

非リア王

〝悲劇の中の悲劇〟とも讃えられる、シェイクスピアの『リア王』——とは特に関係なく、「非リア充」と「リア充」の境界から放たれる、数々の思索。

〝非リア充〟は悲劇なのか、喜劇なのか? カレー沢が斬る!

第1回 「非リア王に俺はなる！」

このたび「非リア王」というタイトルのコラムを連載することとなった。

こととなった、と言っても、担当にこのタイトルで連載してくれと言われただけなので、いまからタイトルにあった内容を考えなければいけないのだ。とりあえず子どもにキラキラネームをつけてから、名前の意味を考えるに等しい。だったらもう「碑莉亞緒鵜」ぐらいカッコ良くして欲しかった。

これが漫画なら1ページ目で「非リア王に俺はなる！」と宣言して2ページ目に「完」と書けば、それだけで2ページ稼げるのだが、文章だと1行で終わってしまうので、もっと、それらしい事を冗長に言わなければならない。

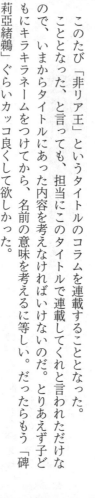

ちなみにタイトルは、シェイクスピアの『リア王』にかけているらしいが、私は『リア王』を読んだことも見たこともないので、完全に手がかりゼロである。

「非リア王」とは、「非リア充」の略であり、その逆が「リア充」である。まず、それらが一体何なのかを考えてみたい。

リア充とは「リアルの生活が充実している人」の事を指し、非リア充は「リアルの生活が充実していないため、ネットなどの世界で暴れる人」の事を指す。

この定義でいくと、私などは典型的非リア充であり、リアルで話す人がいないから24時間中48時間ツイッターをやり、延々独り言を言い続けているのである。

しかし、私が非リア充を自称すると必ず「お前は非リア充ではない」と言ってくる人がいる。どうやら非リア充を名乗りたいなら、もっとクリアしなければいけない条件があるようだ。

ちなみに私が非リア充ではないと言われる主な理由は「結婚している」「仕事がある」「家がある」というものだ。

相当厳しい、ハードルが高いというか、低すぎて常人ではくぐれないといった感じだ。

つまりこの連載は、離婚し、無職になり、家が全焼してはじめて「非リア王に俺はなった！　完！」となれるわけである。

これでは連載以前に人生が「完」している。

しかしこれは「非リア充」というものを「リア充」より下だと捉え、とにかくネガティブなものとした場合だ。

それよりは、いっそポジティブなものとし「非リア充こそ最高の生き方であり、俺はその王である」みたいな話にしたい、何故なら家に火とかつけたくないからだ。

ではまず、非リア充がどう最高なのかを説明しなければいけないのだが、これと言って利点が見当たらない。

しかし、世の中には何かを持ちあげるために比較対象を貶《おと》めるという便利かつ下劣なやり方があるので、リア充が最低だということにすれば、非リア充が最高ということになるはずである。

そもそもリア充というのはどういう生活をしている人間のことを言うのだろうか。すぐ思いつくのがＦａｃｅｂｏｏｋやＩｎｓｔａｇｒａｍに自撮りや楽しげな写真を載せている連中だろうがそれこそ「リアルの生活が充実していないため、ネットなどの世界で暴れる人」の典型のようにも思える。リアルな世界でやったＢＢＱが心底楽しかったなら、それはそこで完結しており、わざわざネットに写真を載せる必要はない。また自分の顔面がカワイイなら鏡を見た時点で満足できるか、彼氏にでもカワイイと言ってもらってそれで終われるはずであり、それをネットに載せて不特定多数の他者に可愛さを認めさせなくてもいいはずだ。

真の非リア充を「家族も友人もおらず、無職で家もない人」とするなら、おそらくそういう人はネットすらできないだろう、つまり真の非リア充がネットにいないならホンモノのリア充もネットにはいない説が出てくる。

　ホンモノのリア充はネットにはいない、さらには家にすらいないだろう、家などというものはひきこもりが生息する場所であり、リア充ならそこに住んでんのか、というぐらい海やクラブにいるはずである、さらに一人にもならない、常に異性か気の合う仲間（ファミリー）と行動を共にしているはずであり、寝るときですら両隣に美男や美女がいなければならず、ネットなどやる暇はない。

　羨ましいだろうか、おそらく「疲れる」と思っただろう、つまりリア充というのは労力を要する、非効率的な生き方なのである。

　リア充は、精神的充足を得るのに、誰かと外で道具を揃えてＢＢＱなどしなくてはいけないが、非リア充は一人で家から出ずパソコンやスマホ一台で、それを得ているのだ、どちらが「断捨離」とか「ミニマリスト」とかがもてはやされている昨今に相応しい生き方だろうか。

　またリア充は金銭的にも非効率だ、友達がいない非リア充だってソシャゲにはまってガチャを回しまくれば困窮するが、少なくともそれは１００％自分のために使った金だ、それに引き替えリア充の「交際費」はそうではない、下手をすれば１００％他人のための出費を余儀なくされ、それは友人が多いほど増える、しまいには金はないが誘いを断ってリア充グループから外されるのは嫌だ、というクソみたいな理由で金

を出さなければいけなくなる。

　またリア充は気の合う仲間が困っていたら助けてあげなくてはいけない、何故ならファミリーだからだ。その点非リア充は困っていても誰も助けてくれないが、助けなくてはいけない時もない、時間も全部自分のために使える。

　つまり非リア充の方が、金と時間という有限資源を有効に使えるのだ。

　意識高い系がこれだけ「コスパ重視で」とか言っている世の中において、どっちがコスパがいいかは一目瞭然である。

　つまりコンパクトに生きることが良しとされる現代においては、圧倒的に非リア充の方が勝者なのである。

　思いがけず、思いっきり結論が出てしまった、次から何を書けばいいのだろう。

第2回 クマムシぐらい強い生物「非リア充」

今回は「非リア充は一体いつから非リア充なのか」という、今まで誰も興味を示さなかった問題に果敢に挑んでいきたいと思う。

非リア充とは生まれながらの「コミュ障」で、初めて喋った言葉は「ママ」だが、それを壁に向かって言っていた等、物心つく前から何かしら片鱗があったと思われるかもしれない。

しかし、私などは未だに親から「小学生ぐらいまで、活発でおしゃべりな子だったのに」と言われるのだ。

この言葉には「どうしてこうなった」という親の思いがありありと滲《にじ》んでおり、私自身も、小学生時代の性格のままだったら、リア充だったかもしれず、かの偉人のように、隣を歩いていた友人が雷に打たれて死ぬなど、何かしらの転機があり、非リア充になってしまったのだと思っていた。

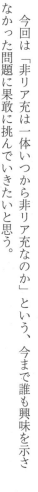

しかし、いくら考えても、そのような無駄死にをした友人はいないし、これが転機だった、という記憶もない。つまりやはり私は生まれながらの非リア充だったのである。

そこから導き出される答えは、私の両親は私が中学生になるまで、違法なお葉っぱ様で活発な私の幻覚を見ていた、もしくは私が小学生までお葉っぱ様で元気だった、ということである。

この「お葉っぱ様説」が最有力であるが、警察が来たときのために、一応他の仮説も立てておきたい。

確かに私は、小学生ぐらいまで、割とうるさい方の子どもだったような気がする。しかし友達が多かったかというと、やっぱり少なかった。

つまり私は「壁に向かって活発でおしゃべり」だったのである。友人とワイワイやっていたわけではなく、一人で元気に飛び回り、でかい声で独り言を言っていたのである。

それではただの親に心配される物件ではないかと思うかもしれないが、肉親や心を許した相手に対しては饒舌《じょうぜつ》だが、そうでない相手の前では地蔵、というのは、典型的初期コミュ障である。よって親の前では本当に「活発でおしゃべりな子」だったのである。

それが中学生ぐらいになると、親と仲良くするなんてダセえ、みたいな中2心に目覚め、話し相手が専《もっぱ》ら壁になる、よって親からすると「中学頃から急激に大人しくなった上、何かおかしくなった」ように見えたのだ。

よって、「自分の子どもは元気」と思っている親御さんは、子どもが何に対して元気か見極めた方が良い。うちの子は、自分たちの前だけでなく、友達とかの前でもおしゃべりだ、という場合でも注意が必要だ。例えば、友人数人の前で、その中の誰に向かって言っているわけでもない発言ならいくらでも出来るが、一対一になるとてんで会話が出来てないというタイプなら、相当非リア充の素質がある。誰に向かって言っているわけでもないというのは、壁や虚空に話しかけているのと同じで、コミュニケーションが出来ているとは言えないのだ。

そして加齢と共に親とは話さなくなり、心を許せる相手も減り、専ら話し相手は壁になり、そして壁はインターネットになるのである。

こう考えると私は、幼稚園から大学までエスカレーター式、ぐらいの非リア充であり「昔はこうだったのに」と嘆く必要など全くなかったわけである。

結局、暗い星の下に生まれた子どもがそのまま暗く育ったみたいな話なのだが、このコラムは「非リア王」である。非リアこそ最高であり、むしろ銀のスプーン（水垢がすごくついている）をくわえて生まれてきた、みたいな話にしないと終われない。

つまりこの「壁に話しかける力」こそ、現代に必要な力であり、それを幼少のころから鍛えてきた私は強者だ、ということになる。

私がネットでやっているのはツイッターであり、Ｆａｃｅｂｏｏｋなどは、登録だけして数年放置という有様である。もともとＦａｃｅｂｏｏｋはリア充向けのツールと言われて来た。何故ならＦａｃｅｂｏｏｋに投稿する発言は、自分が友達登録した相手など、特定の誰かに向けた発言だからである。その誰かからコメントや「いいね！」をもらうためのコミュニケーションが目的だからだ。

その点私がツイッターで発言する時は、相手がいるとは思っていない。一応私をフォローしている人が見ているぐらいの意識はあるが、具体的な相手を思い浮かべながら「ウンコもれそう」などとつぶやくことはないし、リプライや「いいね！」も求めていない。つまり、壁に「ウンコがもれそう」と伝えた時点で満足であり、その行為は終了しているのだ。

だが、Ｆａｃｅｂｏｏｋを使っているリア充はそうではないだろう。「ウンコもれそう」と投稿したら「いいね！」か「俺ももれそう！」等のコメントがつかないと満足がいかないのだ。もし、「いいね！」もコメントもつかなかったら不安にさえなるのだろう。

つまりリア充というのは、相手がいないと会話もできない上に、相手から反応が得られないと不安になってしまうという、弱すぎる生き物なのである。

　その点非リア充は、壁一枚あれば、会話ができるし、それだけで満足が得られ、生きていけるというクマムシぐらい強い生物であり、無機物全てが話し相手なので、ある意味友達が多いとも言えるのだ。

　そしてたとえ、何もない銀河に放り出されたとしても、今度は脳内にいる友達と会話をすることができる。

　一見、非リア充とは孤独な生き方のように見えるが、実は孤独とは無縁なのである。

第3回 それがしの話法は〝インターネット弁〟である

今回のテーマは「非リア充」の言語能力についてである。

担当曰く「非リア充の言語空間は不思議な日本語で豊かに発展している」とのことだ。つまり「何言ってるのかわからない、キモい」ということである。

確かに私も、声にこそ出さないが、脳内での一人称は、拙者、もしくはそれがし、調子が良い時はやつがれである。つまり担当ごときが思っている以上にキモいのだ。

オタクが人と対話せずに、漫画やアニメばかり見ているせいで、喋り方まで大仰なアニメ調になってしまうのと同じように、年中ネットばかり見ている拙者たち非リア充の言語が、リアル世界とは異なってしまうのは当然のことであり、関西弁、東北弁などと同じようにそれがしたちは、インターネット弁を使っているのである。

インターネット弁が具体的に何か、というと説明しづらくオタク語とかぶることも多々あるが、「キタコレ」「全裸待機」「控えめに言って○○」等、ネットで良く見る言い回しがそれだ。そしてインターネット弁の特徴は「声に出して言うと控えめに言って超ド級に気持ち悪い」ということである。

このまま行くと「非リア充が喋ると百発百中気持ち悪い」という結論になってしまう。確かに九十中ぐらいは気持ち悪いのだが、この連載は「非リア王」である。非リア充がいかに優れているかを啓蒙するコラムだ。

ネットというのは、玉石混淆ではあるが、常に最新の情報が流れている世界である。言葉だって新しいものがどんどん生まれている。つまり非リア充は常に最新の言語に触れているのだ。またネットをやるということは、それだけ文章を読む機会が多いということでもあり、一日中ニコ動でアニメを見て「尊い」しか言っていない非リア充は別として、語彙もかなり増えるはずである。

つまり、非リア充というのは全員高い言語能力を持つ金田一春彦の生まれ変わりであり、逆にリア充は「ウェイ？　ウェェェイ。ウェェェーイ！」しか言葉を知らない、石器時代レベルの文化しか持っていないのである。

これで今回は終わりたいところだが、あまりにも超スピードで結論が出てしまったため、尺が全然足らない。よって、もう一転ぐらいさせなければいけない。

リア充に比べ、非リア充の方が語彙が豊富である。という仮説はあながち間違いではないかもしれない。しかし「言葉を知っていようがいまいが、会話能力が著しく低い」というのが非リア充の特徴である。

「ウケる」「ヤバい」「マジで」の3語で友達を100人作れるリア充もいれば、10ヵ国語を操れるが、全部独り言、という非リア充もいるのだ。

　よって、どれだけネットで言葉を覚え、最新の情報を得ていようとも、それを人に伝えることが全くできないのである。

　会話になると、あったはずの語彙が全て消え失せ、半笑いと曖昧な頷きしかしない金田一春彦になったり、超早口になり、常人には「デュフフフフフフフフフ!!」と言っているようにしか聞こえなくなってしまうのだ。

　これは、非リア充の多くが患っている「コミュ障」の症状であり、もちろん私も罹患している。その中でも私は「喋れないコミュ障」であり、言いたいことが上手く言えないので黙るのだ。それとは逆に「喋りすぎるコミュ障」というのもいる。空気を読めずに見当違いのことを喋りまくってしまうのだ。与える印象は違うが、両方とも、自分の言いたいことを上手く言語化できないというのは同じだ。そして、何故そうなってしまうかというと、相手がいるからだ。

「対人間」という事実が、コミュ障の言語中枢を破壊するのである。原因不明の焦りから言葉が全く出なくなったり、「君、性別だけ菜々緒《ななお》に似てるね」など、言わなくて良いことを言ったりしてしまうのだ。

逆に言えば、相手が人でなく、さらに言葉を選ぶ時間がたくさんあれば、非リア充だって自分の意見を、むしろリア充よりも豊富な語彙を使って伝えることが出来るのだ。

その相手とは、もうわかっていると思うが、壁だ。

間違えた、インターネットだ。

これらのことから、ネットに嵌《はま》った者が、会話能力がなくなり、コミュ障や非リア充になるというより、元々会話能力のない者が、自分の言いたいことを言う場としてネットを選んだという方が正しいのかもしれない。私などは完全に後者であり、高校生時代には立派なコミュ障ではあったが、チャットを使って顔の見えない相手と会話をするのは大好きであり、好きすぎて大学進学を諦めたほどだ。

その後も、ネットでの文章発表活動は続き、今ではこのように薄暗い部屋で、非リア充研究、という未だかつて誰も興味を示さなかった分野についての論文を綴《つづ》れるまでになった。ちなみに、季節は夏、外は晴天だ。もしネットがなかったら今頃、海でBBQなんかしていたかもしれない。本当に、非リア充で良かった。

つまり、目が悪い人間がメガネをかけることにより、目が良い人間と同じ動きができるように、今まで自分の言語能力を上手く扱えなかったコミュ障が、ネットという補助具を使うことにより、常人、またはそれ以上の表現が他者に対してできるように

なったのである。

メディアではいかにもネットが若者をはじめとした人間をダメにしたかのように言うが、逆に、ネットを得たことにより才能を開花させたコミュ障はたくさんいるのだ。

対照的に、リアルで自己表現ができるリア充は、わざわざネットで長文とか書かないであろうから、Ｆａｃｅｂｏｏｋに自撮り写真を上げることに命をかけだしたり、「いいね！」亡者と化したりと、ネットでダメになる率が高いと思う。

つまりネットという物は、扱うのが難しい高度なアイテムなのである。使い方を間違えケガしたリア充の前に颯爽《さっそう》と現れ「それは、まだ坊やには早いモンだ、貸しな」と、ネットをあたかもブルース・リーが扱うヌンチャクのように、華麗にさばいて見せるのが、拙者ら非リア充なのである。

第4回

お前は呼吸の仕方がキマってる

今回のテーマは「人生を変えた作品」である。

担当からのメールにはこう書かれていた。

ゴジラ・円谷《つぶらや》オタクが何十年か経った後に立派なクリエイターとなり、『シン・ゴジラ』を作ったりするように、幼い頃の非リア充のみなさまのまっさらな心に、強烈に焼き付いてその後の非リア充人生を決定づけてしまうような作品には、何がありましたでしょうか。

よくこんな攻撃的な文章が書けるなと感心した、私よりもよほど才能がある。

「その後の非リア充人生を決定づける」ってなんだ、俺の人生はまだ終わっていない、これからパーティーガールになるかもしれないのであり、ただ、ならない確率が100%なだけだ。

確かに非リア充のオタクは、「これで目覚めた」というような作品やキャラクターを一つは持っているものである。このアニメがきっかけでどっぷり二次元にはまってしまったという人もいるだろうし、「このキャラのおかげで、この世の森羅万象すべてがBLカップリングに見えるようになった」という腐女子もいるだろう。

そういう私が初めてはまった二次元キャラはドラゴンボールの悟空である。まだ幼稚園児ぐらいだったと思うが、完全にマジであった。もうこのときからオタクはオタクなのだという貴重な資料である。しかし、三十を越えた今考えると、悟空は無職だし、ただの無職ではなく「最強の無職」である。

つまり「二次元の男の経済力まで考慮しだす」という、気持ち悪い状態に陥る前の幼少期に、悟空に恋しといて良かったという話である。

このように幼稚園児がマジで恋するぐらい、オタクの二次元に対する想いは強く、ある意味宗教に近く、むしり取られる金の額に関しては、これに比べればどの宗教も良心的である。私も今は「JPEGのイケメン」（注：ソーシャルゲームのカードのイラストデータのこと）という偶像を崇拝し、それを手に入れるべく日々ガチャをまわしている。これをまわすことにより徳が積め、来世は二次元の世界に生まれることができるのだ。いわば修行である。

しかし同じ非リア充のオタクでも、ずっと見るだけの側のオタクと創作する側のオタクがいる。さらに創作する側でも、上記のように、衝撃的な作品に出会い「俺もこういうのを作りたい」と思って始める者もいるだろうが、中には自分を認めさせる手段として創作を選んだという非リア充もいるのである。

コミュ障の非リア充と言っても、全員が俺に構うな、俺を見るなと、触る者みな目つぶしを食らわせているわけではない、むしろ人一倍、自己顕示欲や承認欲求が強いために、ネットで暴れたりするのだ。

しかし自分自身が、容姿や運動能力などでスポットライトを浴びることはない、というのは重々承知だ。だから、自分の作り出したものに託すのである。

しかし、創作と言っても、絵とか音楽とか、映像とか多種多様なジャンルがある。それがどこで決まるかというと「褒め」である。

なにせ非リア充は褒められたことがあまりないため、たった一言の「褒め」で「俺はこれしかねえ」と思ってしまうのである。そういう私も、小学2年生の時、絵画コンクールで特選をとり、大いに褒められてしまったがために「私は絵だ」と思ってしまったのだ。

今現在の私の絵を知っている人なら、100人のうち税込みで108人が「お前は絵じゃねえ！」と言うだろうが、私もタイムスリップできるなら「お前は絵じゃねえ！」と猛ビンタした後、往復で「かといって他に何もねえ」ともう一発食らわせるところである。

これが平素から褒められ慣れしている子どもだったら、こんなことにはならなかったはずだ。異性と全く接点のない人間が、一回あいさつされただけで相手を好きになってしまうように、「たった一回の認められ経験」で非リア充の人生はいとも簡単に変わるのである。

しかし、私の場合それがひと昔前だったため「絵を褒められた」＋「漫画が好き」＝漫画家になる。という安易な方程式になったが、今は良くも悪くも、自己表現の方法が色々ある。

ツイッターで何気なくつぶやいた一言が、何万リツイートもされてしまったがために「俺はアルファツイッタラーになる」とか、もはや職業ではない夢を持っている子どももいるかもしれない。

他にも「ＹｏｕＴｕｂｅｒになる」「ゲーム実況者になる」など、事実それで食っている人はいるのだろうが、昔よりも格段に親にとってスリリングな職業が増えているため、今は大変だと思う。

よって、子どもがいきなり破天荒な夢に走ったりせず、自分には色んな可能性があるのだと思わせるためにも、ある程度色々褒めておく必要があるのではないだろうか。どうしてもないというなら「お前は呼吸の仕方がキマってる」とかでもいい。

しかし、あまりにも色んなことで褒められすぎたため、自分が本当は何に向いていているかもわからず、結局何にもなれなかったというリア充もいるかもしれないので、幼いころより「俺はこれしかない」と道を極めるのも良いことかもしれない。

だが、確かに教室のスミで一人絵を描いていたキモオタが、今や日本を代表するクリエイター、という良い話もあるにはあるが、そういう話が注目されるのは、やはり例が少ないからである。

学生時代優等生で人望も厚かった彼が、今では一流企業で活躍しているという話が特に注目されないのは、よくあることであり、普通の流れだからだ。

現に私も漫画家にはなったが、とてもじゃないが成功しているとは言えない。学生時代の同級生の中では、今も私はキモオタのままである。

第5回

非リア充はファッション界の〝高僧〟である

ハロウィンの時期だしファッションについて書け、と担当からお達しがあった。

確かに書いている今はハロウィンシーズンだが、載るころには完全に腐っている話だ。懐から緑色に変色したトロを出されて「これでイイの握ってくれ」と言われた気分である。

担当曰く、非リア充というと全員オタクで、少なくとも27歳まではお母さんが買ってきた服を着ているぐらいファッションに対し無頓着なくせに、いざ自分のバトルフィールド（コミケ）になると、ピンクのかつらや、毒キノコ界にしか存在しないようなカラーリングの衣装で平気で人前に出たりもする、その神経はどうなっているのか知りたいとのことである。

そう言った担当を今まさにヒューマンガス（注：『マッドマックス2』に登場する悪役）コスで追いかけているところだが、このようにオタクと非リア充は混同されやすいし、私もこの両者をどう差別化して書くかいつも悩んでいる。

腋毛《わきげ》と陰毛、どうタッチを変えて描くか悩んでいる、みたいな話だが、両方ちぢれている上に生えている場所の臭いも似ているとはいえ、やはり似て非なるものだ。

もちろん、オタクの非リア充もいるが、オタクじゃない非リア充もいる。無口な関西人や、童貞のイタリア人がいるのと同じである。

まず非リア充の定義から考えなおしてみる。文字通りリアルが充実していない人であり、リアルとは現実のことだ。

オタクと非リア充が混同されやすいのは、オタクも現実（主に三次元の異性など）が充実していないと思われがちだからだ。しかしオタクはそれ以外のことで頭パンパンな人たちであるし、アニメのキャラや鉄道だって、相手が生身の人間じゃないというだけで、ちゃんと現実に存在するものだ。

それに、抱き枕と海デートしてポリスを呼ばれたあの夏や、携帯ゲーム機で乙女ゲーをプレイし「尊い！」と叫んだ瞬間、画面が暗転し、自分のＢ（ブサイク）フェイスが画面に映りこんだ深夜2時が、現実じゃなかったなんてことはない。むしろ現実じゃない方がありがたい時もある。

つまりオタクはある意味リアル（人生）を常人よりも楽しんでいる人たちであり、ただその姿が一般が考える充実の姿（恋人や友達と海でＢＢＱ）と違うから、非リア充カテゴリに入れられがちなだけであり、本人も「それがし非リア充でござるから」と自称しつつも別にリアル（三次元）ごときが充実しなくても良いと気にしていなかったりする。

特にコスプレイヤーともなると、アニメやゲームなどの二次元趣味を持ちつつも、コスプレをして人前に出るという三次元方面の趣味も持っているわけだから、こんなの非リア充なわけがない。

非リア充とは、もっと空虚でなければならない。オタクのような強固な趣味を持った人間が名乗るのはおこがましい話なのである。

よってオタクの非リア充より、オタクじゃない非リア充の方が強い。さらに唯一の趣味がネットとかでも、現実ではパッとしないけどネットの中ではミリオンの歌い手とか、アルファブロガーとかではダメだ。ネットの中でも自分からは何も発信せずに、ＦＸで大損こいた人の話を見るのが唯一の楽しみ、みたいな感じじゃないとまだ弱い。

オタクとは、興味が一点に偏っている人間のことだが、非リア充というのは何に対してもそれが希薄な人間のことを指す。

よって担当が言うコスプレをする人は、非リア充ではなく、オタクだし、オタクの中でも上位オタクだ。

では、非リア充のファッションとは何か、前述の通り、非リア充は何に対しても興味が薄いので、服装に関しても無関心でなければならない。

もちろん、非リア充じゃなくてもファッションに無関心で、ユニクロ、俺たちの109ことFCS（ファッションセンターしまむら）で全身キメている人はいる。しかし、本物の非リア充はそれすら越えていくのだ。

つまり非リア充は「ファッションに興味が薄く、激安量販店でどうでもいい服を買う」のではなく「服を買わない」。

買わないことはないだろう、と思った人間は認識が甘い。本当に買わないのだ。汚れたり、穴が開いたりしたら流石に買い換えるだろうと思うかもしれないが、それでも買わない。ちょうど当方のパンツにも現在穴が開いているが、余裕ではいている。何故ならネットでFXで大損こいた人を笑うのに、パンツの穴の有無は関係ないからだ。

しかし私もまだまだ徳が低いので、恥ずかしいことに、靴下など人から見える部分に穴が開くと買い換えてしまう。これがさらに高僧になると、買い換えるのは、股間に穴が開き、局部が見える状態になってからなのである。服を買う基準が、キレイ、汚いなど遥かに凌駕《りょうが》し、「逮捕されるか否か」にまでいくのだ。

だがそれでもまだ「非リア王」とは言えない。

そもそも、なぜ人は服を着るのか、それは「外に出るから」である。外にさえ出なければ、穴の有無どころか、服そのものが「無」でかまわないのだ。

つまり、外に出ているようでは、まだまだ非リア充として修行が足りないのである。

なんて空虚な人生だと思うかもしれないが、そもそも趣味なんてものは全部煩悩である。要するに非リア王というのは、それら全てを捨て去った、多くの求道者たちが目指す「悟り」を極めた存在なのである。

第6回　新種！「ソロ充」乱入デスマッチ

先月ハロウィンの話題が来たから、今月は絶対にクリスマスの話が来ると思っていた。

そう思い、非リア王の完璧なクリスマスの過ごし方と、絶対に足がつかないリア充のバラし方についてひそかに考えていた。などということは全くなく、来てから考えようと思っていたが、とにかくクリスマスが来ると思っていた。

「リア充vs.ソロ充vs.非リア充」というテーマでお願いします。

以上が担当から来た依頼メールである。

なぜ11月にハロウィンの話をさせて12月のクリスマスを完スルーするのか全く不明であるが、確かに非リア充とクリスマスの関係なんて、すでに語りつくされた話題であることは否めない。

しかし「リア充vs.ソロ充vs.非リア充」である。

おそらくこいつらは全員生息地が違う。出会わなければ戦う必要はないのに、わざわざ集めて、殺し合えとは、担当はローマ皇帝か何かなのだろうか。

そしてもうお気づきかと思うが、リア充と非リア充の間に新種の生物が爆誕している。

「ソロ充」。もうその語感だけで何となく意味がわかる気もするが、あえて説明すると「なんでも一人で楽しめる人」のことを指す。

だからと言って友達がいないわけではなく、むしろ作ろうと思えばいつでも作れるが、あえて無駄な友人は作らず少数精鋭、群れず、一人の時間を大切にし、周りの目は気にしない。そしてしっかり恋人がいたりするのがソロ充という奴らしい。

リア充よりも遥かに非実在の香りがする生物だ。リア充がマウンテンゴリラなら非リア充はエリンギ、そしてソロ充はモンゴリアン・デス・ワーム（注：ゴビ砂漠周辺に生息するという、巨大なミミズやイモムシのような未確認動物）といった感じである。これらを集めて戦わせようなど、ワシントン条約に反しているとしか思えない。

実際にはそんな奴いないし、仮にいたとしても一刻も早く絶滅しろ、ライフルで射殺されて毛皮か剝製《はくせい》になれ、としか思えないが「仲間とワイワイやることこそが充実」という考えを否定し、自分の為だけに時間を使う、というのは、このコラムでも度々推奨してきた思想である。

ではソロ充は非リア充の進化形、つまり私が目指す非リア王とは、ソロ充のことなのだろうか。

　否である。

　ソロ充が非リア王だとしたら、それは邪知暴虐の、メロスに激怒されるタイプの王である。

　何故ならソロ充の説明を読めば読むほど、こいつは協調性が皆無だということがわかるからだ。非リア充だって協調性はないんじゃないかと思われるかもしれないが、それは誤解だ。非リア充は協調する気はある場合が多いのだ。周りに合わせて「ウェエーイ」と言う気はある、だが声を出すタイミングがわからず「ノリ悪い奴」になっているか、みんなが「ウェェェーイ！」と言った後、こだまかよ、というような小声で「ゥエエーィ」と言ってしまい「あいつ何か浮いてるよね」となってしまっているだけなのだ。

　それに、リア充が集団を好むと言っても、それは気の合う仲間たち相手の話だ。それ以外の人間との集団行動なんて、リア充、非リア充にかかわらず嫌いに決まっている。しかし世の中には、好き嫌いにかかわらず団体で動かなければいけないことが多々ある。それを我慢するのが、協調性であり社会性である。

　それを「俺ソロ充なんで」と言って帰る奴がいるとしたら、「俺ドSだから」を免罪符に、大して親しくもない女にブスだのババアだの面白くもない暴言を吐く男に等しい。

その点、非リア充は協調性がある。飲み会などに誘われたら大体断われずについていくし、その場で完全に気配を消すという奥ゆかしさもある。

だがもちろん、ソロ充にもいいところはある。世の中には、親の通夜など参加しなければいけない会もあるが、どうでもいい集まりも星の数ほどある。それに対し、NOと言える態度は良い。だが逆に、チャレンジ精神がないとも言える。非リア充がどうでもいい会にノコノコ参加してしまうのは、断れないというのもあるが、心のどこかに「参加すればいいことあるかも」みたいな気持ちがあるからだ。

実際は何もないし、大体は、いたはずなのだが参加者が誰もその存在を覚えていないという、妖精みたいな生き物になるだけなのだが、その記憶を毎回喪失して、誘われるたびに「いいことあるかも」と思い、また居酒屋のケセランパサランになるのだ。

つまり非リア充は「失敗を引きずらない」「諦めることを知らない」不屈の精神を持っていると言えるのだ。

それに、そもそも孤独＝非リア充というわけではない。

一人で部屋にいる状態が非リア充かというと、ネットもスマホもあるし、好きな音楽も聞ける。何より全裸になれる時点でアドバンテージが高い、むしろ自由で充実している。今更「一人の時間の楽しさを知っている俺、マジソロ充」などと言われなくても、今の一人で楽しむコンテンツが多様化した世の中で、一人の時間の楽しさを知らない奴の方が少ないのだ。

つまり非リア王とは、自由でもなければ楽しくもなく、何より全裸になったら怒られる、そんな集団の中にあえて属し、和を乱さず、さらに意識を別の処（具体的に言うと帰宅後見るアニメのことを考えている）に飛ばすことができる、協調と孤高を両立できる人間のことである。

ソロ充って
「ただしイケメンに限る」だろ
一人がいい

第7回 「HRJ」総選挙でセンターを狙うなら

あけましておめでとうございます。

だが、よろしくされないのはわかっているので、もはや「お願いします」などとは言わない。新年早々徒労は避けたい。

さて今年1発目のお題だが、担当からは年も明けたことだし、早速金の話をしろと言われた。今年も悪い年になりそうだ。

というわけで今回は非リア充と「金」の関係性である。

結論から言うと、非リア充は金を持っていてはならない。何故なら非リア充を名乗りたいなら「金」「恋人」「友人」は持つな、と言われている。

私なども結婚しているというだけで、非リア充オーディション予選落ちどころか、書類選考さえ通らない。非リア充界において上記三つのどれかを持っているというのは「キンタマがついている以外は完璧な美少女」と同じ、致命的かつ根本的問題なのだ。

友人や恋人の場合「いない方がマシな友人や恋人」というものが存在する。

会うたびに5000円ギってくる恋人や、鳩尾《みぞおち》に掌底を的確に当ててくる友人ならいない方がマシだろう。そもそもそれは恋人や友人なのかという問題もある。

その点「ないほうがマシな金」というのはほぼない。金があっても不幸だ、という奴もいるかもしれないが、そういう奴は金を持っていなかったらもっと不幸になっているに決まっている。金があるからその程度で済んでいるのだ。

大体の不幸を解決できる金をもってしても不幸ということは、もう不幸になるために生まれてきたとしか言いようがない。職業が「不幸」だ。というわけで、三つのなかでも金は、ダントツで持っていてはならない。

よって、非リア充は金を持っていないことが大前提となる。

しかしその「金を持っていなさ」にも、非リア充としての作法がある。審査員はそこを見ているので、非リア充オーディションに挑むという方はぜひ、それをマスターしていただきたい。

まず、金がないと言っても、アイドルとかソシャゲとか、何かにハマって金がないのは非リア充ではない。何かに熱を上げているというのは充実した状態であり、貧乏かもしれないが幸せとも言える。そんな奴は審査員の圧迫面接を食らって泣いて帰った挙句、ツイッターにそれを愚痴って炎上し、住所まで特定されてしまえばいい。

非リア充としては「金はない、だが何に使ったかもわからない」という状態がベストだ。

だが、それも非リア作法としては最低限のものであり、勝ち抜きたければさらに「金がないうえに、何に使ったかもわからない。そして部屋が特に要らないもので占められていて狭くて汚い」ぐらいのオプションもつけていくべきだ。

しかし、それではただのだらしない人間だ。自分はもっとストイックな、清純派非リア充であるとアピールしたいという場合は、「生活費で給料がゼロ」を目指そう。

家賃、水道光熱費、他、必要経費を払ったら給料がゼロになり、ちょうどゼロになったところで次の給料日がくる、非リア充だ。

ここで「金がなくて土を食った」とか「月末は消費者金融と自宅の反復横とび」とかでは逆にエキサイティング感が出るので非リア充とは言えない。あくまで「生きていけてるが、生きているだけ」という状態をキープし続けなければならないため技術が必要になる。

前者の浪費型非リア充がカワイイだけのアイドルなら、この非リア充は清純派であり歌唱力やダンスで勝負するアーティスト型でもあると言えよう。

つまり「金がない」のは非リア充の条件ではあるが、そこから「毎日大して頑張ってもないのに、自分にご褒美と称し、連日コンビニの菓子パンを与え、金はなく、残った物もなく、顔は汚く、そして腹に肉だけがある」という「こいつ何で生きているかわからない感」を醸し出せなければ本当の非リア充とは言えない。芸能人と同じくオーラが必要なのだ。

だが例外として「金を持っている非リア充」というのもいる。

「お金なんていくらあってもむなしい物よ、私が欲しいのは愛」などと言っている金持ちの後家のことではない。そんな奴は、抱いているペルシャ猫にのど笛を嚙み切られればいい。

通帳の数字しか、生きている証がない非リア充というものもいるのだ。

圧倒的虚無を「だが貯金はある」という一点のみで耐えている非リア充である。もちろんそういう非リア充は高給取りであってはならない。欲しいものを我慢した上での通帳残高だ。

だが前述の通り、人が一番不幸を回避できるツールは友人や恋人ではなく金だ。それがある分、金がない非リア充よりは非リア充としてのレベルが低い。これではオーディションを通っても到底センターは狙えない。ＨＲＪ（非リア充）総選挙５９８位ぐらいだ。

そういう小金を貯めている非リア充が真ん中に躍り出る方法はただ一つ、「突然死

ぬ」である。
　生活を切り詰め、欲しい物も買わず、貯めた金を使うことなく、突然死ぬ。これほど美しい非リア充の生き方はない。
　よってオーディションでは、審査員にまず通帳を見せ「なんだ小金持ってる非リアかよ」と思わせたところで、いきなりトラックなどに轢《ひ》かれよう。
　もうこれで審査員たちは「ダイヤの原石を見つけた」と総立ちである。ただ惜しいことに、もう死んでいるわけだが、スターというのは天逝するものである。

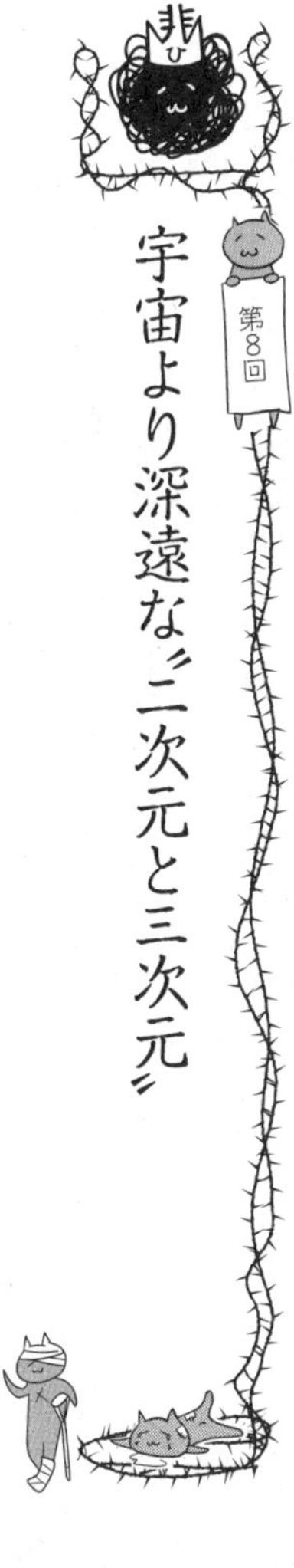

第8回 宇宙より深遠な〝二次元と三次元〟

「今月のテーマは、やはりバレンタインもあるので『愛とか恋とか』かな、と思っております」

この担当からのメールの一文を見ただけで痰《たん》がせり上がってきたことは否めないが、やはり非リア充と恋愛の関係は避けては通れない話だろう。

だが、メールには続いて「非リア充どもは二次元さえあればリアルの恋愛などいらないとよく言っているが、あれは正気で言っているのか知りたい」と書かれていたので、とりあえず痰を吐いたら血だったし、全部自分の爪先にかかった。

何度もゲロや胃液で口をすっぱくして言っているが（今日は鉄の味がする）、非リア充＝オタクではないため、非リア充が皆、現実より二次元キャラまたはアイドルなどを好いているというわけではない。

むしろ三次元はもちろん〇～二・五次元間にも全く好きなものがないという、「何も愛してない人」の方が圧倒的本物の非リア充である。

しかし今回はそういう天上人の話は置いておいて、まだ二次元や二・五次元が好きなどという俗世で喘いでいる人間と、リアル恋愛の関係性について考えてみたい。

結論から言うと、「色々なタイプがいる」としか言いようがない。

本当に二次元にしか興味がない人間もいる。そういう者は二次元と結婚している。比喩とかではなく、好きなキャラのフィギュアや抱き枕と二人暮らしなのだ。

一方で、二次元の嫁（男女問わずオタクは自分の好きなキャラクターをそう呼ぶ）がいながら、三次元の恋人がいたり結婚している者も多くいる。

こういう者は、二次元の嫁とリアルの恋人を全く別物と考えている場合が多い。リアルに対する感情が「はあ……好き」なら、二次元に対しては「くぁwせdrftgyふじこlp!!」という想いを抱いているのだ。

そして最後に、「三次元の異性に相手にされないから、二次元を代替えにしている者」だ。

二次元の嫁がいる者に対し「二次元を三次元の代わりにしているんだろう」と言ったらほとんどの人間は否定してくるか、何も言わずにバイオゴリラになって相手の頭を粉砕する。

「三次元より二次元の方が好きだし優れている」「三次元と二次元は別物だしどちら

がいいとかいう問題ではない」「ウッホウッホ」というのが、大体の妻帯者（二次元の）の主張である。

しかし「彼氏ができたからもう二次元は卒業する」と言って去っていく者も実際いるのだ。

二次元キメ打ちの者にとっては苦々しい存在だが「金がないからカニカマを食う、金さえあればカニを食う」と言っている人間の頭を粉砕していいかというとそんなことはないので、それは個人の自由である。

ともかく非リア充で三次元の恋愛に縁がないから二次元に逃げているわけではなく、二次元の方が好きなのだというのが多くの二次元愛好者の主張であり、その言葉にウソはない。

しかしなぜ「二次元の方が好き」という結論に達したかを考えると、残念ながら「非リア充だから」と言えなくもないのである。

非リア充＝オタクではない、しかし非リア充＝コミュ障、はかなり正解に近い。コミュ障が何かの間違いで異性と二人きりになると、まず完全な無言になる。それもただの無言ではない「何か喋らないと」と悩んだ末の無言である。コミュ障はわりと沈黙を恐れており、何か喋らねばならないと思っているのだが、大体何も喋れず、自分の作り出した沈黙に殺されるという、自分の臭いで死ぬカメムシみたいなことになるのだ。

また逆に「喋りすぎるコミュ障」というのもいる。喋るのだが、その全てが「いらないこと」という「一言多い」の「一言」のみで構成された会話を展開するコミュ障である。

つまり非リア充は異性と一緒にいると喋れなかったことを後悔するか、喋りすぎたことを悔やむしかできない。要は「疲れる」のである。

その点相手が、例えば恋愛シミュレーションの二次元キャラなら、まず何故か相手から話しかけてくれるし、その答えも三択が用意されている。さらに選択を誤ったとしてもセーブしたところからやり直せる。

また相手のリアクションも明快だ。ハズレの選択肢を選べば、わかりやすく怒ったり落胆したりするし、当たりを選べばウレション級に喜ぶ。リアルの女みたいに愛想笑いや、無表情で「ウケルー」とか言わない。もうこの時点で明らかに三次元より二次元の方が優れている。

そもそも会話に選択肢の一つも用意せず、ノーヒントで答えを出せと要求してきたあげく、明確な答えすら示さないというのは舐めているとしか言いようがない。つまり非リア充にとってリアルな恋愛というのは完全なクソゲーなのである。恋愛をエンタメとするなら楽しい方との恋愛をするに決まっている。よって自信をもって「二次元を愛でる方が楽しい」と言い切れるのだ。

ただ、非リア充にとってリアルの恋愛はクソゲーでも、リア充にとっては「攻略しがいのあるゲーム」なのだろう。

しかし「生身の人間の相手が必要な遊び」というのは、相手の都合によりできないこともあるので、趣味としては一人でできる物より効率が悪い。

つまりコスパ・効率重視の世の中には、「二次元と恋愛できる」非リア充の方が順応していると言えるのである。

第9回

"ただのブッダ"と一線を画す、究極の晩餐

今回担当から与えられたテーマは「食」だ。

つまり「何を食ったら非リア充はそうなってしまうのか」ということを知りたいのだろう。

これは「草とか土」と答えるのが正解なのだろうか。

さすがの非リア充も米ぐらい食いますよと言いたいが、主食が輪ゴムだという人もいないわけではない。しかしそれは非リア充だからというわけではなく、三食海水を飲んでいるというリア充もいるだろう。

ただ、長きにわたる（連載1回目の時点でもう十分だという気持ちになった）非リア充研究により、非リア充とは、いかに「無」であるかを競う競技だということが明らかになってきた。よって食に対しても強いこだわりがあるようではいけない。

しかし「無」というのは必ずしも、ネガティブな意味だけに使われるわけではな

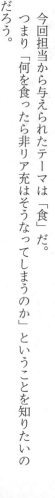

い。

悟りや解脱《げだつ》も「無」を目指した結果とも言えるし、「無我の境地」となると、もはやテニスの王子様になってしまう。それはよくない。女にモテるという最悪の事態が起こる。

つまり、むやみやたらに「無」になるだけでは非リア王にはなれない。そんなものは「なーんだ、ただのブッダか」と一瞥《いちべつ》くれられて終わりである。

では非リア王様と凡百のブッダの違いは何かというと、よくいるブッダは、あらゆることへの執着を捨てることにより「無」になっているが、非リア王様は、執着心が全く捨てられないどころか人一倍強いのに、結果として「無」になってしまうのである。どちらがレベルの高い状態かは、火を見るよりも明らかであろう。

つまり非リア充の食への姿勢は「食べることへの執着心は強いが、こだわりが一切ない」というのがベストだ。

仙人とかが、でかくて白い角皿に載った霧や霞を「かわいいー！　おしゃれー」とか言いながら食って、半分程度で「もぉおなかいっぱあい」などと言っている横で、丼に山盛りの塵《ちり》や埃《ほこり》を、手づかみで食って、おかわりまでして見せるのが非リア王様だ。

「食べることしか楽しみがない」

非リア充の常套句だ。しかし「週末の食べ歩きが唯一の楽しみ」とか言っている奴は非リア充でもなんでもない。「ファッション非リア充が」と、唾でも吐いて帰ろう。

まず、非リア充なら外食は避けるべきだ。何故なら店の食い物は、大体食器に入っている。ファーストフードでさえ、それ専用の紙に包まれて出てくる。調理した鍋そのままで出てくるとか、食器の代わりにラップに載せてくるとか、そういう配慮がない。器までこだわるのが本物の非リア充である。

また店では家のように床に座って、立てひざをして食うこともできない。どれだけいい服を着ていてもポージングが決まっていないとダサく見えてしまうのと同じで、たとえドッグフードでも店でイスに座って背筋を伸ばして食っているようでは、非リア王様の晩餐とは言いがたい。

では、どこで非リア王様のお口に合うものを買ったらいいかというと、コンビニだ。

ここで、コンビニより安価だからという理由でスーパーを選ぶようでは三流だ。「節約」などというポジティブなマインドは、非リア王様に似つかわしくない。

それに、以前「金がない上に、何に使ったかも思い出せないのが非リア充」と言ったと思う。コンビニほど使途不明金が生まれる場所はない。つまり一石二鳥である。

そこでも「新製品を買う」などという楽しみを見つけてはいけない。非リア充がチャレンジ精神を持つなどもっての外《ほか》。万年置いてあるがイマイチ誰が買っているかわからないものを、365日買い続けるぐらいでいい。

そして一番重要なのが「食べることしか楽しみがない」が、「食べることが好き」であってはいけないということだ。

一見矛盾するかもしれないが、あくまで他にやることや楽しみがないから食べるしかない。つまり好きだからではなく「暇だから食う」という状態なのである。

もちろんやることがないなら「寝る」というのも有効だ。つまり、18時間寝て、残り6時間は常に口に物が入っている、というのが完璧な非リア王様の休日だ。

そんな非リア王様の姿を見て、「なんのために生きているの」と笑う者もいるだろう。

しかし考えてみて欲しい。食欲は睡眠欲、食欲、性欲という人間の三大欲求の一つであり、個人差こそあれ死ぬまで残るものだ。

ちなみに性欲についての話を今から始めると、低く見積もって都合あと300ページほど必要なため、「IN☆POCKET」の厚さが通常の倍となる。

それでは完全にアウトポケットなので、それはまたの機会（他の執筆者が全員逃げ出すなど）を待ちたい。

ところで、死とは突然なものもあるが、多くの死はゆっくりと訪れる。だんだん出来ることが減っていき、そして死ぬのだ。

つまり今まで趣味や楽しみを多くもっていた者は、それがひとつひとつ出来なくなっていく苦しみを味わわなければならない。ともすれば「もう死にたい」と思うかもしれない。

その点、非リア充はハナから、それしか楽しみがなかったのだ。逆に言えば死ぬまで人生を楽しめるということだし、若いうちからよく「死にたい」と言っている（だが絶対死なない）ので絶望に耐性がある。

医学の進歩により、無駄に長生きしがちな現代においては、やはり非リア充の方が優れているのである。

第10回 非リア充界とインフルエンサー

いつものように、担当から今月のテーマについてメールが送られてきた。

「リア充界では、女性誌に代表されるメディアから、『ぬけ感』とか『こなれ』とか『女《おんな》っぽ』などと、〝かくあれ〟という言葉がひっきりなしに放たれています。非リア充界には、生きていく上で今はここだけは押さえとかないと、という指標みたいなもの、インフルエンサーの存在などはあるんでしょうか？」

まずインフルエンサーの意味がわからずググった。

インフルエンサーとは、影響力のあるもの。つまりカリスマ読者モデル・ヤマリン（仮名）が胸毛を伸ばしだしたら、全国のＪＫが三島平八（注：ゲーム「鉄拳」シリーズに登場するキャラクター）状態になるという、愚民の先導者のような存在だ。

そういったものに、すぐ影響を受ける女のことを昔は「スイーツ（笑）」などと呼んで馬鹿にしたものだが、残念ながらいつの時代もモテるのはスイーツ（笑）側だ。

考えてみて欲しい。「これからは、胸毛キますよ」という言葉に「そうなんだ」と素直に頷《うなず》いて生やす女と「またそんなのに煽られて、もっと自分持っていかなくちゃ。ところで最近アジアンテイストとテクノポップにハマってるんだけど、それをア流にアレンジした、あ、『ア流』っていうのは『アタシ流』ってことなんだけど……」と言い出す女、どっちと付き合いたいかと言うと、胸毛の生えてない素直な女の方だ。

何でも鵜呑みはダメだが、人のアドバイスを一ミリも受け入れない上にそれを馬鹿にしてくる人間はもっとダメである。

よって、ファッション誌のような指標はやはり必要なのだ。

そのせいで最近の若者はみんな同じ格好をしているとも言われるが、ファッション誌完コピより、己のセンスだけを信じて大学デビューを飾った奴の方が、圧倒的黒歴史を作っている。

つまり、これから非リア充としてデビューしたいという若者のためにも、やはり道標が必要なのである。

そんなの目指す奴はいない、と思うかもしれないが、今の世の中を見てわかるとおり、何が良いとされるか、もう予測がつかないし、最近では「逆に」「良い意味で」という便利な言葉がある。これらをつけることにより、悪いものさえ、あたかもすごく良いものであるかのようになってしまうのだ。

たとえば「ブス過ぎて逆に美人」「良い意味でブス」などだ。

全然良い意味にならなかった。だがこれはたとえに選んだ言葉が強すぎたせいだ。

ともかく、「逆に非リア充」「良い意味で非リア充」を目指す「小悪魔ａｇｅｈａ」ならぬ「非リアＯｈ！」には何が書かれているのかということだ。このネーミングセンスの時点で物語が終わっている気がするが、こういうのが、逆にいいのである。

まず冒頭で言われたような「ぬけ感」のような、代表する言葉が必要だろう。

ところで「女っぽ」は初めて聞いた。最新の言葉なのかもしれないが、逆にド田舎でしか使われていない女性器の隠語みたいになってしまっている。このようにクールとダサいは紙一重なのだ。

まず勝ち組非リア充にとって一番大事なのは「なめられ感」だ。

最近「マウンティング」という言葉がしきりに聞かれるようになった。自分が相手より優位であると示す行動だ。この春、新入生や、新入社員の間で早くもマウントの取り合いがはじまっていることだろう。

だが、イケてる非リア充というのは、みんなガンジーの生まれ変わりなのだ。いらぬ争いはしない。

この「なめられ感」を出すことによって、ゴリラは、もっと他の倒すべき相手のところに行くので戦いを回避することができる。

しかし、ただなめられているだけでは、パシリにされたり、三段オチの三段目にされたりと、便利使いされてしまう。そこで重要になるのが「使えなさ」だ。

こいつに、「マガジン」を買ってこいというと必ず「マガスペ」を買ってくる。休刊になっても買ってくる。こいつをオチにすると100％スベるなど。特に便利ではないというところをアピールしよう。

上級者は、「お前に俺が使いこなせるのか？」という挑戦的なオーラを出しても良い。

だがそこまでだと、まだ「ただのボンクラ感」が否めない。よってアクセントとして「キレ」が必要である。

ここで言う「キレ」とは「キレると何をしでかすかわからない」の「キレ」だ。

それも、「怒ったら怖い」程度のギャルゲーにでてくるほんわかキャラみたいなのではぬるい。突然、サブマシンガンを手にキャンパスに降り立つぐらいの「キレ」だ。

つまり必要なのは「アメリカンテイスト」である。

自分は日本の心を失いたくないという場合は「八つ墓感」でもいい。しかし和コーデというのはファッションでもインテリアでも難しいものなので、やはりこれも上級者向けである。

これらを押さえることにより、「良いことは起きないが、悪いことも特に起きない」という非リア充にとって最高の新生活が約束される。

人がデビューに失敗し、五月病になってしまう一番の理由は「期待しすぎてしまう」ことだ。新しい生活、新しい自分に期待しすぎて、現実とのあまりのギャップにバランスを崩すのだ。

非リア王様は、新しいものに期待をしない。「悪いことがなければ良い」と思っている。

この春イケてる非リア充デビューを目指す者は「軽めの絶望でキメ」だ。

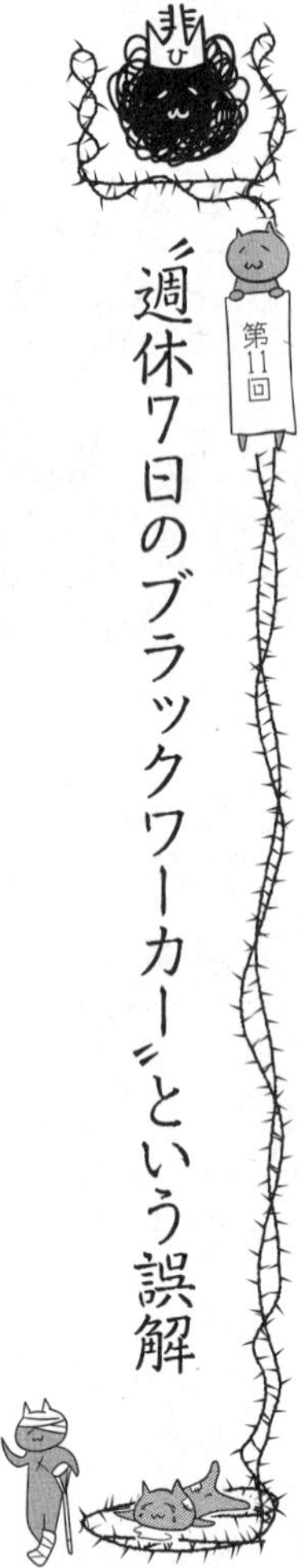

第11回 〝週休7日のブラックワーカー〟という誤解

5月を迎えて、読者の中には自殺を考えている人も多数いるかと存じ上げる。

ちなみに私は死なない、担当がまだ生きているからだ。

つまり今回のテーマはズバリ「仕事」である。

非リア充の仕事と言ったら何を連想するであろうか。無職、ニート、週休7日、終わりなき夏休み、エンドレスバケーション、あたりが妥当かと思われる。

しかし、これは誤解であり、非リア充は意外にも意外と働いているのだ、意外に。

なぜなら、無職やニートをやるには割と度胸が必要なのだ。

無職やニートというのは、ミドリムシとかでなければ、誰かに食わせてもらっているはずだ。

つまり、大リーガーかよというぐらい、常に親のスネをかみ続けているわけだが、それもかみ続けているうちに段々味がなくなっていく。

ここで常人なら「親もいつまでもいるわけじゃないし、自立せねば」というような不安にかられて就職などしてしまうだろう。

また、親のスネがどれだけ太かろうと、やはり無職は体裁が悪い。世間からはもちろん、親にさえ「お前はいつまで俺の太いのを口に入れ続けるんだ」と苦々しく思われている場合が多い。そういった圧力に屈して就職してしまう者も少なくないのだ。

つまり無職は、その昔、文豪芥川龍之介を屠《ほふ》った「唯ぼんやりした不安」に負けず、ニートだけでなく多くの人間を屈服させてきた「世間の目」に打ち勝ち、無職という職を得ているのだ、すなわち勝利の末の無職である。

非リア充がそんな強い生き物なわけがない、そもそも非リア充に「勝利」はご法度だ。一度でも勝ったら、ボクサーが網膜剥離《もうまくはくり》になったぐらい、問答無用で引退である。

つまり非リア充は、働きたくはないが、不安や圧力に負けて、大体渋々働いている。

では非リア充にふさわしい仕事とは何なのか、間違ってもサマンサタバサや、サイバーエージェントではないだろう。

例外として、グラブル（注：ゲーム「グランブルーファンタジー」の略）のサポートセンターにかかってきた電話をサポート担当に繋ぐ仕事、とかならありだ。あるいは、サマンサタバサで、ポーチの横にプラスチックの菊の花を置く仕事等、落差があるものも捨てがたいが、やはり地味な会社で地味な仕事をしている方がよりベターだろう。

しかし、やりがいがなさ過ぎたり、低賃金過ぎたり、ブラック過ぎてもいけない。「過ぎたるはドラマを生み出す」からだ。人は、良いところもないがそこまで悪いところもない会社が、一番辞められないものなのである。

ブラック企業にいると「次はここよりはマシだろう」と思って辞められる。しかし、良くも悪くもない会社だと「次、ここより悪いかもしれない」と思って逆に辞められないのである。

よって、永遠に給料が上がらない職場で、気づいたら35歳ぐらいになっているのが正しい非リア充のワークスタイルだ。

給料が上がらないと言っても、月２５００円とかではもちろんダメだ。生活費と、ストレス解消の甘いパン代できっちりなくなるぐらいの給料が望ましい。

「希望はないが、今生きていくことは可能」という状態が一番人から身動きを奪う。動いたことにより絶望に向かう可能性があるからだ。ここで希望に賭けて動き出すような、落ち着きのない人間は非リア充ではない。

そう、非リア王様は大変落ち着きがあらせられるのだ。

非リア王様と凡愚を同じ「良くも悪くもない職場」で働かせてみる。すると多くの凡骨はほどなく「ここではないどこか病」を発症する。

発症した愚鈍は「俺の居場所はここではない」という鳴き声を上げて、会社の外に飛んでいこうとするが、まず8割窓ガラスに激突して死に、残り2割は永遠に「どこか」を探してさまよい続ける。

「どこか」の目星がついていて飛んでいくなら良いが「どこか、がどこかはわからないが、少なくともここではない」で飛んでいったら、目的地につくはずがない。

その点、非リア王様は山の如く動かない。よく見たら羽が3ミリしかないのに対し、体重が3トンぐらいありそうだったり、座りすぎて足が痺れていらっしゃるのかもしれないが、少なくとも、無目的に動くようなマネはしない。息があがるからだ。

だが、ここで「もっと自分にあった職場があるのかもしれないが、探すのはだるい」と思っているようなら、ただの非リア充だ。

王は「自分の居場所はここではない、かといって他所《よそ》にもない」とわかっていらっしゃる人だ。

そもそも「自分が輝ける場所」というものが誰にでもある、全プレ状態だと思うこと自体「スイート」なのではないだろうか。誰にでもあり、自分にもあるものと思うから、ついつい探しに行ってしまうのだ。

しかし、自分が輝ける場所、主役になれる場所というのはないことが多いが「いてもいい場所」というのは、そこそこ見つかるものである。

非リア王様はそういう場所を大切にしていらっしゃるのだ。この場所は、我にふさわしくないなどという傲慢なことは考えない。

5月、すでにここではないどこかを探しに行きたくてたまらなくなっている人もいるだろうが、飛ぶ前に「どこか」は本当にあるのか、そして、窓は開いているのか、そのぐらいは確認してから飛んだほうがいいだろう。

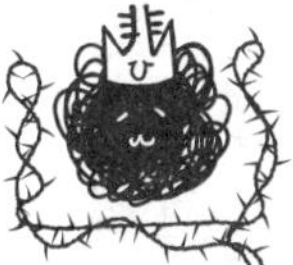

第12回 結婚――マウンティング合戦の飛び道具

「6月だし、眞子さまも婚約するし〝結婚〟はどうですか」というのが、今回担当から課せられたテーマだ。

その前に、このコラムで眞子さまの名前を出して大丈夫か。不敬罪で、市中引き回しの上、打ち首獄門ということはないだろうか。

しかし、今は平成であるから市中引き回しではなく「ネットに顔、実名、住所を晒されたのち、打ち首獄門」だろう。

市中引き回しだけなら、市民も脳の容量がもったいないだろうから私の顔などすぐ忘れるだろうが、死後も半永久的にネット上に自分の顔が残るというのはキツイ。平成というのはある意味江戸より野蛮である。

それにしてもテーマ「結婚」か。まるでリア充のようだ。

この感覚がすでに非リア充的なのだが、私も結婚している。そしてその結婚しているという事実が、私の営業をガンガンに妨害してくるのである。

私はこのコラムのように「非リア充」「負け組」「ブス」など「何でも良いから沈殿物について書いてください」みたいな依頼をよくされる。

誰もキルフェボンについて書いてくれと言ってこない。「あいつ、たまに蓮コラ（注：蓮の花托《かたく》みたいなコラージュのことだが、ググった際は閲覧注意）みたいなスイーツ出すよね」と言い出すのがわかっているからだろう。

しかし、どんな低いテーマでも、書けと言われれば、さらなる低みを目指し、深海魚でさえ「ここ水圧厳しい」と言い出す海の底みたいな話を書こうと努力する。

だが、何を書いても「こいつは結婚しているから説得力がまるでない」と一蹴されることが、ままあるのだ。

そのたびに私は、顔を真っ赤にしながら（相手の返り血で）自分は結婚しているが非リア充だと主張するのだが、この主張こそが実に非リア充的行動なのである。

昨今、マウンティング、という言葉がよく聞かれるようになった。

学校、会社、同じマンション内等、同じグループに属する者相手に「自分の方が上だ」と示す行為である。

非リア充界隈でも、このマウンティング行為はある。それも「俺はこいつよりはイケている」と言うならいいが、非リア充のマウンティングは「俺の方が非リア充だ」

と主張しだすか、もしくは「お前は非リア充じゃねえ」と相手をファッション非リア充認定するのに必死になるという、リア充のマウンティングが相手の上へ上へ行こうとするのに対し、いかに下に潜り込むかに命をかけるのである。

つまり「結婚してるから非リア充じゃない」と言うのは、「結婚していない私の方が非リア充だ」というマウンティングであり、それに対し「今の家に引っ越して5年になるけどご近所さんとの会話5回以下」とか「私の両隣は、ママ友で仲がいい」とか「夫に弟が2人いて、その嫁2人が私と同年代なのですが、どう見ても明るい青春を送っていたタイプで、先日『高校時代にスマホがあったら超楽しかっただろうね』という話をしておりました。私は高校入学前からLINEグループが出来ているという、今の高校生に生まれなくて本当に良かった、命拾いをした、と心から思っていたのでとても衝撃でした」など、思い出したくもない、取っておきのエピソードを披露してまで「自分は非リア充だ」と主張するのもマウンティングである。

もちろんこのマウンティングは、地獄車のように、すればするほどお互い下に転がっていき、「お前らが『俺の方が非リア充だ』と言い争っている時間を、余命いくばくもないワンちゃんにでもくれてやれよ」と思わずにいられないが、非リア充にとっては、どっちがより非リア充かは重要なことなのだ。

そして「結婚」が非リア充マウンティングにおいて、大きな評価基準であることは事実である。ママ友カーストだったら、夫の年収ぐらい重要だ。

未だに、家柄、学歴、肩書き、が物を言う世の中である。いかに内容が伴っていなくとも「既婚」という肩書きは、最終学歴「こどもちゃれんじ中退」ぐらいダメだ。

どれだけ偉大な人物でも、それに全く関係ない家柄や学歴をくさす奴が必ずいるのと同じように、どれだけ優れた非リア充でも、既婚という肩書きを突いてくる奴は、当然いる。

ここで私が「わかった」と、ホンモノの非リア充になるべく離婚したとしても、絶対「一度結婚まで行けているのだから非リア充じゃない」と言われるに決まっている。

「結婚」。それは、してしまったら、そう簡単には取り消せないし、取り消すことはできたとしても、した事実は一生消えない。それは非リア充にとっても同じことである。

つまり「結婚」は非リア充にとって「とりかえしのつかない行為」である。非リア王を目指すなら、慎重になった方が良い。

もちろん私もマウンティングされる一方ではなく、よくする。

自称非リア充が「高校時代モテたくてバンド組んだけど全くモテなかった」などというエピソードを披露しようものなら「まず、ボーカルギターベースドラム全部俺、という場合を除き、楽器を弾ける友人が何人かいる時点で非リア充じゃない」と、瞬時に鬼のヘッドをゲット顔でまくしたてる。

このように、非リア充は、自称非リア充の「リア充の臭い」に非常に敏感である。非リア王を目指すなら、マウンティングされないように「リア充臭用ファブリーズ」を常に使用する必要がある。

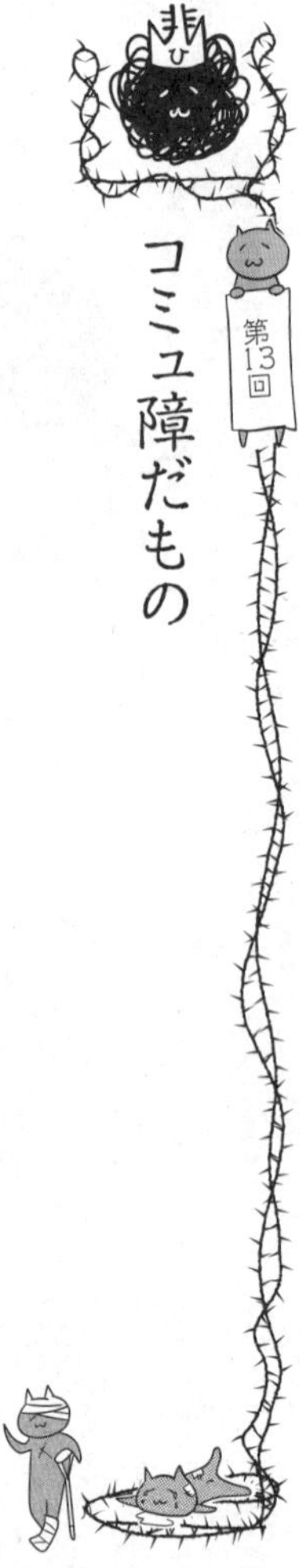

第13回 コミュ障だもの

担当が編集長になったそうだ。

これは、朝イチの飛行機で靴の裏を舐めにいかなければいけないということだろうか。

もちろんしない。

まず、靴の裏を舐めると、こちらの舌も汚れるが、相手の靴も汚れるからだ。

靴の裏についているのは、大体、土や砂だろう。それらと他人の唾液、どちらが嫌だろうか。よって靴を舐めさせたところでさらに汚れるだけなのだ。

ただ、犬のクソを踏んでいるという場合は例外だ、それなら舐めさせた方がキレイになるかもしれない。だがそうなると、まず自ら「犬のクソを踏む」というアクションが必要である。

つまり、相手に屈辱を与えるために、まず自分が犬のクソを踏むという屈辱を受けなければいけないのだ。大人になってから、ウンコを踏むというのは、かなりその後の人生に影を落とすだろう。

よって、靴を舐めさせるという行為は、実は誰も得していないのである。むしろ全員損していると言って過言ではない。

しかし非リア充は、たとえ相手の靴の裏から樹液が出ていたとしても舐めたりはしない。

それはもちろん、誇り高いから、あとカブトムシじゃないから、という理由もあるが、まず「媚を売る」なんて高度なことができないからである。

というわけで今回のテーマは「コミュニケーション能力」である。

非リア充＝オタクではないが、コミュ障である確率はかなり高いという話は何度もしてきている。

非リア充にとって、コミュニケーション能力問題というのは、避けては通れぬ壁なのだ。

つまり、避けては通れぬので、非リア充は永遠に壁の前で棒立ち、そこで一生を終えるのである。

ここで、壁を越えられないからと、Uターンして岩戸に入ってしまう者は、引きこもりであり、コミュ障とはまた少し違う。

コミュ障というのは、川の中でギリギリ生きている金魚みたいなもので、社会の中には何とか存在できるし、事務的な会話はできる場合が多い。しかし、他の川魚が「今日の水、透明度低くね？」というような雑談をはじめると、瞬時に水面に浮かび、動かなくなるのである。

つまり「地球は何色？」と聞かれれば「青」と答えられるが、「地球の色に関して君の個人的な見解を聞かせてくれ」と言われると「コポォ……」となるのである。

他愛のない会話というのができないし、それを楽しむこともできないのだ。

そしてコミュ障の一番つらいところは、この「一応、社会の中にいる」という点だ。

コミュニケーションの壁の前で棒立ちしている間に、後ろから来た者が壁を越えていくのをずっと見送らなければいけないのである。

5年もいるのに全く誰とも打ち解けられていない職場で、昨日入ったバイトが、もう談笑している、という現場に出くわし続けなければいけないのだ。

これが引きこもりなら、もう周囲に比べる相手はいないし、いたとしても小バエとかなので、私が両手を広げても三角コーナー周辺を自由に飛ぶことはできないが、あの小バエも私のように、家族が寝静まった隙に部屋と冷蔵庫の間を高速移動することはできない、という金子みすゞ的詩が思い浮かぶだけなので、逆に良い。

つまりコミュ障というのは、下手に社会に存在できる分、一生コミュニケーションがとれる人間に劣等感を抱き続けなければいけないのである。

そしてコミュ障が何故、必要最低限のことしか言えないかというと、自分への圧倒的自信のなさから来ている場合が多い。

自分如《ごと》きがいらぬことを言って場の空気を悪くしては大変だという思いから「ノリが悪い人」として空気を悪くしているのだ。そしてまた、劣等感を抱き自信がなくなり「自分如きが発言しては……」という悪循環に陥るのである。

そのループから抜け出すにはどうしたら良いか。まずもう少し自分に自信を持つ、あとは他人に関心を持つ（コミュ障が空気を読みすぎるのは、自分が悪く思われるのが嫌だからであり他者への配慮というわけではない）ことが大切である。

以上がキレイ事だ。

そんな教科書どおりのことができるなら、保育園はと組のときからやっている。それにこちとら、コミュ障を治したいわけではない、非リア王を目指しているのだ。

コミュ障、非リア充は他愛のない会話が、できない、楽しめない、それは何故か。それは他愛がないから、簡単に言うとつまらないからである。楽しめなくて当たり前だ。

逆にリア充は、つまらない会話で笑っているのだ。つまり「センスがない」のであ

る。

もし、つまらないけど笑っているというのなら「空笑いだけの人生」である。愛想笑いをする王がどこにいる、という話だ。

つまり他愛のない会話ができないというのは「ハイセンス」だからである。

よってコミュニケーション障害というのは、コミュニケーション能力が低い人というわけではなく、逆にセンスが高すぎて、低い人間との会話が困難な人を指すのである。

そして、コミュ障が多い非リア充は「ハイセンス軍団」であり、非リア王はその王なのだ。

それに非リア充は、会社の人間などとは会話できないが、仲の良い相手、またはネット上では雄弁かつ、面白いことを言っている場合が多い。

それができるなら、大して好きでもない相手と、つまらない会話ができないことぐらい、気にしなくてもいいのではないだろうか。

第14回

〝孤独難時代〟の友達とは

「ド直球なテーマでいきます」

担当にそう前置きされたので、貯金額を一ケタまで言えというのか、そもそも一ケタの場合はどう表現すれば良いのか、迷っているうちに「非リア充と友達」について語ってください、と言われた。

待て、それではまるで非リア充にとって「友達」が禁句のようであり、その言葉を聞いた瞬間、胸を掻《か》き毟《むし》りながら蒸発し、跡にはヘドロ状の物が残るみたいではないか。

確かに、非リア充にとって、友達というのはあまり楽しい話題ではない。

「やっぱ非リア王さんともなると、友達はゼロなんすか？」という謎の後輩の声が聞こえるが、大人になると逆にゼロの方が楽なのかもしれない。

もしゼロだったら、ダブルピースで、いやそれだと友達が4人いるみたいなので、両こぶしを天に突き上げたコロンビアポーズで、「ゼロです！」と答えることができるからだ。

しかし、実際はそう聞かれると、具体的な顔が去来して「あれはまだ友達と呼んでいいのだろうか」という逡巡がはじまりブルーになった上に「考えた結果ゼロです」とか、「1・5」など、視力かよという数字を言う羽目になってしまうのだ。

非リア充といえども、瞬時に友達がゼロだと言い切れる人間は少数だ。少なくとも学生時代は友達がいた、というか何らかのグループに所属していた場合が多い。

それに、小中学生ぐらいまで「友達がいないと逆にほっといてもらえない」という逆転現象が起こる。教室で孤立していると、教師が「友達になってあげなさい」と裏で手を回したり、クラスの優等生グループが「友達になってあげに」来たりするのである。

こういう経緯で友達になるとケンカの際に「先生に言われたから友達になってあげたのに砲」が発射され、一人でいるよりさらに深手を負う危険性がある。

そういう砲弾を避けるために、とりあえず似たような非リア充同士が友達というより同盟のように固まっているという現象は、どこの教室でも起こっている。

よって、「友達は？」と聞かれると、まず、学生時代のグループの顔が思い浮かぶのだが、大体卒業と共に解散という、潔すぎるアイドルグループみたいな状況なため

「本当に、仕方なく、その場限りの友達だったのだな」というもの悲しい気持ちになるし、だからと言ってアレをカウントしないと数字が厳しいことになるので、従兄弟までは数に入れていいか、と聞かなければいけなくなるし、いいと言われたところで、従兄弟ともそんなに仲良くない、そもそも親兄弟とも疎遠である、と気づき、友達以前に色んなものから断絶されているという結論に達してしまうのである。

しかし、そのようなブルーは全て、友達は出来るだけ多くいた方が良く、親類縁者とは密につきあうべきだ、という価値観を基準に考えた場合に起こることである。

友達がたくさんいると良いことがあるのかは、友達がたくさんいたことが一度たりともないのでわからないし、これからもわかることはないだろうが、一つ断言できるのは、大人になってから、友達がいなくて困ることはなくなった、という点である。

困らなくなった、というのは寂しいとか寂しくないとか、会いたいとか会いたくないとか、震えるとか、そんなポエムな話ではなく、ピンチがなくなった、ということである。具体的には、突然二人組を作れと言われたり、教科書を忘れたけど借りる相手がいない、教師が抜き打ち家庭訪問に来る、等のピンチのことである。

人間、必要に駆られれば、何とかしようとするものである。しかし大人になってから友達を作ろうとやっきになった記憶はない。つまり「24時間以内に友達を静脈に注射しないと死ぬ」みたいなシーンがなくなったということである。

友達がいなくても命に別状がなければ、生活に支障をきたすことも少ない、ということはわかったが、それでも「孤独」問題は一生ついて回る。

しかし、今はご存じの通りネットやSNSがある。そこに投稿し、もはやコメントすらもらえなくていい、ただ「いいね」の一つでもつきさえすれば、もはや「一人」ではなくなるのだ。

逆に孤独のハードルの方が上がってしまい「よほど慎重にならないと孤独になれない」という状態にすらなっている。

このように現代では孤独を癒すツールが非常に多様化している、にもかかわらず未だに「友達」などという存在に拘泥《こうでい》しているのは「アナログ」としか言いようがなく、車など一人でいくらでも運転し移動できるものがあるのに、未だに神輿《みこし》や人力車に頼っているようなものである。

もちろん、友達も孤独を癒す存在の一つだ。しかし、道具がたくさんあるなら、一番自分が向いているものを選ぶべきである。「SNS」に向いていて「リアル友人」に向いていないなら、前者を選ぶべきだ。

逆に向いていない道具を使うとどうなるかというと「怪我」をするのである。

具体的には友達を作ろうと何らかのサークルに入り、さらにそこで孤立する等の事故だ。そしてそういう人間はそのことをSNSに「ぼっちつれーわｗｗ」と書き込んでいる時の方がイキイキしているものである。

大して使いこなせもしない道具を持っていないことを悩むのは、そろそろやめてもいいのかもしれない。

しかし使えない道具ほど魅力的に見えるのも確かだ。

ネットで十分と言いながら、思い出したようにリアル友人を作ろうとして怪我をする。このネバーギブアップ精神も非リア王には必要なのである。

第15回 always, everything 業火

今回のテーマは「怒り」である。

映画の話だろうか。そういえば先日テレビで、ゲイの方が映画『怒り』について、妻夫木君はいいが相手が綾野剛というのはボーイズラブ的過ぎる、妻夫木×ケンドーコバヤシなら5000兆点だった、というようなことを言っているのを見た。

好みの問題であり、この話を掘ると戦《いくさ》がはじまりそうなので話を戻すが、今回担当から課せられたテーマは「非リア充が怒るとき」である。

愚問中の愚問だ、多くの非リア充がテキーラを呷《あお》ったあとにこう答えるだろう。

「オールウェイズ」と。

非リア充ほど年中怒っている人間はいない。人生そのものが妻夫木聡と綾野剛が一切出てこない『怒り』なのだ。

ただその怒りを人間相手には絶対表現せず、誰もいないところを睨んでいたりする

ので、凡人には「怒っている」と理解されないだけだ。

では何に怒っているのだと聞かれたら、2杯目のテキーラを飲み干してこう答える。

「エヴリシング」と。

自分の身に起こったファッキン事、だけではない。非リア充は他人に起こったことでも我がことのようにムカつけるのである。これは他人の不幸に泣き、他人の幸せを喜べるのび太と同じ高尚な精神だ。ただし非リア充は他人の幸せには舌打ちするし、不幸は泣いて喜ぶ。

ツイッターで「今この企業が女性蔑視的ＣＭ流して燃えてまっせ」と聞きつければ、見たらムカつくことをわかった上で見に行き、想像以上にムカついているのである。

非リア充はＦａｃｅｂｏｏｋやインスタよりツイッターを好むと言われている。

前者二つは、キラキラした部分のみ切り取ってさらに加工して載せるところだと思う。ツイッターは良いことも書いてあるが、クソからクソを切り取ってクソのまま載せられているとしか言いようがないことも多々流れてくる。

社会問題への苦言から、今日上司に言われたムカつく一言、ゆとり後輩の言動、家事を手伝わない旦那への文句、全ての負のつぶやきに共鳴しブチ切れるのである。

そしてインスタなどは当然「キラキラしていてムカつく」と唾を吐いてシャットダウンだ。

逆に言うと「何に対しても不満を持てる」というのが非リア充に欠かせない才能なのだ。結局幸せかどうかなんて、本人の満足度次第であり、どんなに他人から見て恵まれていようが、本人が不満なら不幸である。

つまり、非リア充を目指しているのに、生まれながらに家は金持ちだし、頭も良ければ顔も良い、というハンデを背負ってしまった場合は、この「不満を持つ力」を高めていくしかない。

よって、家が金持ちでもビル・ゲイツより貧乏だし、アインシュタインより馬鹿、足の長さだって2メートル以下の短足だし、彼女も美人と言われているが、石原さとみじゃないからブスだと思うようにしよう。

他人にどう言われようと、自分が強くそう思い、目に映るもの全てに不満を持ち、そしてその怒りをツイッターにブチ撒ければ立派な「非リア充」である。

私が「結婚しているから非リア充ではない」というツッコミに、「それは関係ねえ」と怒っている（当然ツイッターで）のはそういうことである。立場は関係ない、充実していなければ、非リア充なのだ。

では、それが普通の非リア充として、非リア王は「怒り」に対しどう振る舞うべきなのだろうか。

　再三、非リア王は悟りに近いと言っているので、ツイッター川にどんな巨大なクソが流れてこようと、心動かされないのが非リア王かというとそうではない。それはただのブッダだ。

　普通の非リア充以上に怒り狂うのだ。クソ以外が流れてきても同じテンションで怒る必要がある。むしろ心の辞書から「あざとい」以外の言葉を消していい。

　自撮りはもちろん、赤ん坊、果ては動物の写真にそう思えるようになってきたら一人前だ。クソが流れてきても良い話が流れてきても同じ顔で「くせえ」と言うのである。

　非リア充がムカつく力に長けているとしたら、王は誰よりもムカつかなければいけないのは当然だろう。

　そして一番重要なのはその後だ。非リア王がムカついた後何をするかというと「何もしない」のである。

　正確に言うと「ムカついたことをネットに書かない」だ。何故ならムカついたといううつぶやきを見てまた誰かがムカつくからである。人民を平定しなければいけない王のすることではない。

　ネット上だけではない、怒りを周囲に撒くというのは品の悪いことなのだ。怒って

いることを怒っている相手に伝えるのは良い、しかし関係ない不特定多数相手に「自分怒っているんですけど」というオーラを出すのは良いことではない。

ネットにしか書けない、ネットに書くことがストレス解消になっている、という気持ちはわかるが、それが他人のストレスになっていることもあるのだ。

つまり誰よりもムカついているのに、人の悪口や大上段から「世間に物申す」みたいなことを言わずに一貫して「ケータくんｐｒｐｒ」みたいなことしか書かないのが非リア王だ。

まさに、地獄の業火に焼かれながら涼しい顔をしている、「王」に相応しい風格である。

第16回　……てか、「リアル」とはそもそも何なのか？

「まさかと思うけど、お前らでも充実とか？　感じちゃうことあるわけ？」

まさかと思うが、これが今回課せられた担当からのテーマである。

つまり非リア充でも自分がリア充だと錯覚する時があるのか、あるとしたらそれはどんな時か、薬物をやっている時、以外で答えろ、とのことだ。

今担当のこめかみに実弾を撃ち込めば相当充実する気がしてならないのだが、もちろんある。

最近で言えば、某ソシャゲで通算15万ぐらい使って目当てのキャラを引き当てた時、心の底から生きてて良かったと感じた。

そう言うと、『人間失格』の主人公の最後の方を見るような目で、お前がそう言うならお前の中ではそうなのだろう。だがそれは世間一般の充実じゃないし、そもそもリアルじゃないんだからリア充ではない。と言われてしまうだろう。

だが良く考えてほしい。私が15万かけて出した推しキャラのＪＰＥＧだって、出なさ過ぎて見えて来た幻覚とか、窓のない部屋のベッドの上で見ている夢とかでないかぎり現実に存在するものである。それをリアルではないとはどういうことか。

このように、そもそも我々は「充実」や「サクセス」の定義を狭め過ぎなのではないだろうか。そして自ら決めた、乳首も隠せないような範囲の充実からはずれたから、自分はリア充ではない、と言ってはいないだろうか。

まず「リア充」というものを思い浮かべてほしい。

海でＢＢＱ、クラブでダンス、パーティーでシャンパン、最高の女とドンペリと私。

想像力が即死したとしか思えぬほど、模範的、ステレオタイプな像しか思い浮かばないものだ。

例えば、アイドルのコンサートへ行くのが趣味というのはどうだ。

それがＶＲのアイドルでなければ実在の人物であり、コンサートも狐に化かされてたき火の前で全裸で踊り狂っているとかでなければ、現実世界で起こっていることである。

だが、本人がどれだけ楽しみ、充実を感じていようとも、それを「リア充」と呼ぶ人は少ないだろう。

むしろ、リアルが充実していないから、アイドルなどという手の届かないものに現実逃避している、と言われてしまう始末だ。

　またリア充に「一人」はご法度《はっと》だ。どんなに高尚で充実したことをしていても、それが一人だとリア充ではなくなってしまう。

「ロボコン」「鳥人間」「高校生クイズ」、これらはジャンルとしてはオタク寄りだ。しかしあれが辛《かろ》うじて青春として画面に映るのは仲間とやっているからだ。あれを全部一人でやっていたら「いよいよ」感が出てしまうだけである。

　つまり「リア充」とは、「趣味は?」と聞かれて「コスプ、いや読書」とならず、何の躊躇もなく答えられるような趣味を持ち、それを家族、友達、恋人など、確固たる関係性の者たちと楽しんでいる状態を指す。ネットで知り合った夢女子仲間とラブホオフ会で彼氏（二次元）の惚気話《のろけばなし》、とかではどれだけ楽しくてもダメなのだ。

　メチャクチャ狭いのである。どちらかというとリア充の方がマイノリティだ。

　そんな、固定観念を麺棒で伸ばしたようなリア充の範囲に入っていないのは当たり前なのだから、気にする方がおかしい。

　では非リア充は、自分がその狭い定義のリア充の中に入っていると思うことは皆無なのか、というと実はある。

　それは「リア充と関わった時」だ。

関わった、というのは一緒にＢＢＱをしたとかではない、もう「話した」レベルだ。しかし話したと言っても、キョドって「プヒュップヒュッ」とか空気音しか発せられなかった、というのはそのうちに入らない。つまり「リア充と普通に話した」ということだ。

　腐女子含め、オタクというのは、自分の推しカップリングの二人が同じコマにいるだけで「つきあっている」と思えるし、会話なんかしてたら「これはもうセックスなのではないか？」というところまで行けるのだ。

　それと同じように、リア充と話した、それはもはやリア充になった、ということでは、と非リア充は考えてしまうのだ。

　何故なら、非リア充とリア充というのは生息地域自体が違うので、ほぼ接点がないし、よって話をしただけでも、すごい。さらに口から怪音を出さずに普通に話したという快挙を成し遂げたなら、それはもはやリア充である。

　現に私はリア充と話したら、大体ツイッターに書く。リア充自慢のつもりで書く。

　だが逆に相手は私と話したことなどＦａｃｅｂｏｏｋに載せたりしないだろう。

　そして相手が本当にＢＢＱやクラブに行く、部屋とＹシャツとドンペリなリア充かどうかは関係ないのだ。非リア充というのは、自称非リア充には厳しい審査の目を向けるのに、リア充認定だけは早い。ちょっとでも楽しそうな奴は一秒でも早く「こいつはどうせリア充だ」と言いたいのである。

リア充になるのは難しい。だが、非リア王は、相手を脳内で魔法のようにリア充に変えてしまうし、その相手と会話するだけで、なるのが大変なリア充になれてしまうのである。

なんというコスパ。ＢＢＱやドンペリに頼っているようではだめなのである。

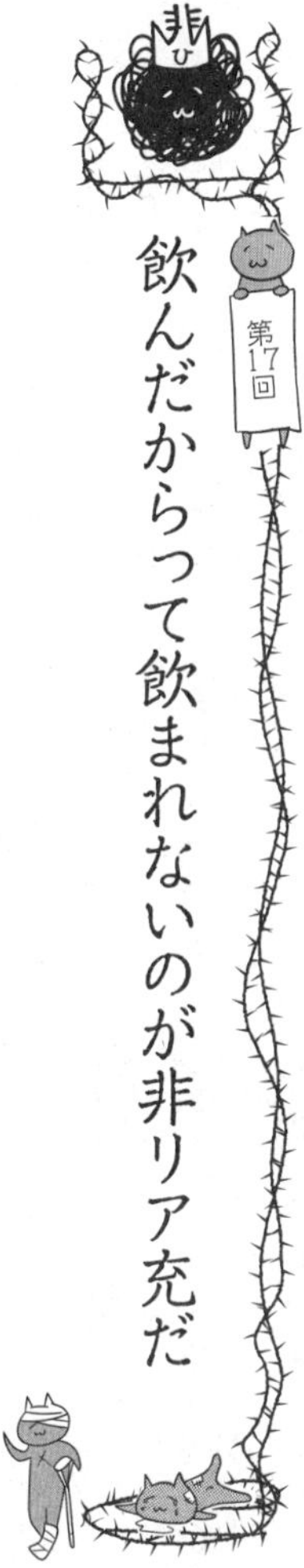

第17回　飲んだからって飲まれないのが非リア充だ

今回担当から出されたテーマは「非リア充と酒の関係性」だ。

今「飲み会でぼっちつれーわｗｗ」みたいな話を引き出そうとしている担当を、ウオッカのビンで撲殺したので、サツが来る前に話を終わらせたいと思う。

もちろんそういうエピソードもクソほどある。朝起きたらケツが二つに割れていた、ぐらい良くある話だ。

つまり非リア充の平常運転。自分の両隣同士が談笑している隙間で、追加オーダーも出来ずグラスのフチを舐めている自分を指差して「異常なし！　発進！（二次会前に消える）」なのである。

これは酒の席だけではなく、人が3人以上いれば起こる現象だ。3人中1人が犬でも起こる。

だが非リア充と酒の関係はもっと根深い。簡単に言うと「酒」は非リア充にとって「デビュー発作」と同じぐらい気をつけないといけないものなのだ。

非リア充というのは大体コミュニケーションが苦手だが、会社で業務上の会話は可能であったり、所謂《いわゆる》「過不足なく暮らしてはいる」場合が多い。

ただ、リア充や常人であれば、過不足ないと言っても、何らかの楽しみ、つまり「過」部分を持っているものだが、非リア充というのはマジで「過」がないのである。結果、

「なんか楽しいことないかな」

となる。リアクションに困るクソ独り言100年連続第1位、ツイッターでつぶや

いても、リプはおろか、リツイートもふぁぼもつかない、コミュニケーション界のゼロゼロ物件だ。

確かに聞く側からすれば、どうせ意味のないつぶやきなら「ウンコ」とか楽しいことを言っとけよと思うかもしれないが、言う側は結構万感の思いを込めてそう言っているのだ。

全てがうまくいかない、楽しいことがない、そして他人はサクセスしているように見えるし、常に楽しそうだ。

そういう如何《いかん》ともし難い、絶望、焦燥の末出てくるのが「なんか楽しいことないかな」なのである。

暇を持て余した女子大生の「彼氏ほしい～」と同カテゴリに捉えられがちだが、重さが違う。重すぎて私は「なんか楽しいことないかな」が言えない。毎日そう思っているが、言ったら「いよいよ」な気がして言えない、だから逆に「ウンコ」とか言ってしまうのだ。

なのでSNS上で「なんか楽しいことないかな」を見つけると、キツイよな、と思ってしまう。当人にとっては「ウンコ」感覚なのかもしれないが、私はそう感じる。

よってそんな永遠に続く「なんか楽しいことないかな」もしくは「ウンコ」が、一回でも酒に打開されるとマズいのである。

もちろん打開するものは酒だけではないし、マズさで言えばシャブとかの方がヤバイのだが、「なんか楽しいことないかな」から「そうだシャブだ」となる人間は、非リア充ではない、別のナニカである。

だが、法律を遵守したとして約20年、会話能力とコミュニケーション能力の低さで「過」が全くない人生を歩んできた者にとって「酒の力で楽しくおしゃべりできた」という経験は正直、シャブ以上なのである。合法かつどこでも手に入れられる分、逆に性質《たち》が悪い。

端的に言うと、そこからアルコール依存症を発症してしまうケースが結構あるのだ。酒を飲めば人と楽しく話せる、から、酒を飲まないと人と喋れない、まで発展してしまうのだ。

こう考えると、非リア充というのは昔の文豪の如く、何か苦悩に満ちた顔をしていたと思ったら突然酒を飲みすぎて死んでいるというなかなかキレた生き物である。

「何もない」と思っているのは本人だけかもしれない。

正直に言うと、私も「酒を飲んでいる時は人と臆せず話せる」という魅力にはまり、20代前半の時、相当酒を飲みすぎていた。

毎週の如く当時全盛だったミクシィつながりで開催される飲み会に参加しており、傍《はた》から見れば「リア充」だったかもしれない。

しかし、喋れないタイプの非リア充が、何故喋れないかというと、本当に話すことが「無」な場合もあるが、「考えすぎ」であることも多い。

頭の中では話すことはあっても「これを言ったら変な奴と思われるかも」「相手を不愉快にさせるかも」という様々なストッパーがかかり、結局「無言半笑い」という形で、変な奴と思われたり、相手を不愉快にさせたりしているのだ。

よって酒を飲めば楽しく話せると言っても、楽しい人間に生まれ変わったわけではなく、ストッパーが緩んで思ったことがダダ漏れになっているに過ぎないのである。

従って、次の日素面《しらふ》になると「大反省会」がはじまる。いつもはストップをかけていることを言ってしまっているのだから当たり前だ。中出ししたぐらい後悔している。

ここでキレのある非リア充は「ならば素面の時間を無くせば良い」という発想になり、彼岸に行ってしまうのだが、幸い自分はそこまでは行かなかった。

酒如きで生まれ変われるわけがない。しかし悲観することはない。

非リア王なら「自分のアイデンティティが酒如きで揺らがなくて良かった」と胸を撫で下ろすべきだ。

そもそも、酒が好きならよいが、一時の高揚感と生まれ変わった錯覚を得るために、飲めもしない酒を無理に飲んでいるというなら、それこそシャブと大差ない。

「コーラを頼んでからあげを食って、1次会で帰る」その潔さこそが王の風格だろう。

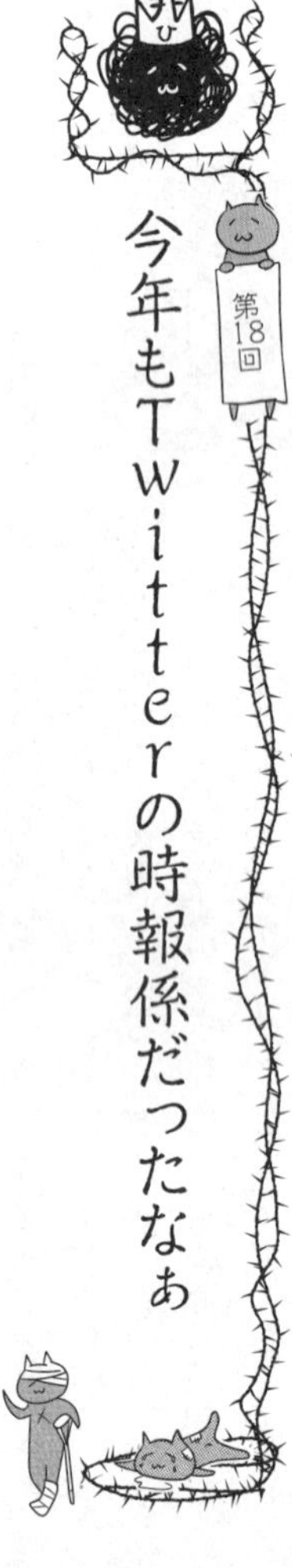

第18回 今年もTwitterの時報係だったなぁ

今回担当から出されたテーマは「2017 非リア界10大ニュース」だ。

もうこの時点で、担当が今までの原稿を読まずに燃やしていたことがわかる。わざわざワードデータをプリントアウトして燃やしている。

1年に特記事項が10個もある奴が非リア充なわけがないだろう。約月1ペースで何か起こっているではないか、もはや波乱万丈レベルだ。

では完全に「無」なのかというとそれも違う。トピックスはない、だがメリハリはある。それが非リア充の1年だ。

まず、春夏秋冬についてだが、花鳥風月に関しては無。だがそれを取り返すかのように気温には過剰反応するのが正しい。

花鳥風月も、意識して無視しているようではまだ青い。「気づかない」のがベストだ。

そもそも「桜が咲いている」とかに気付いてしまうということは、外出している上に、視線が上の方を向いてしまっているということだ。そんな目線では人と目があってしまう可能性がある。非リア充なら常に、人のベルトあたりを凝視しているべきだ。

つまり非リア充に視覚的な意味で春夏秋冬はない。「ベルト」とか「靴」とかがあるだけだ。

その代わり、暑さ寒さには人一倍敏感というより「翻弄」されなければいけない。

非リア充が室内から出ることなく、一日ネットに張り付いているのは基本中の基本だ。そうするとどうなるかというと、服装に季節感がなくなり、さらに外の気温、というものに疎くなる。

よって、ごくたまに外出する時、このぐらいの服装なら良いだろう、という目測を大いにはずすのだ。

もちろん、はずすといっても、真冬にパンイチで出たり、真夏の首元にフェイクファーをふんだんにあしらったりとかではない。微妙に、かつ大きくはずすのだ。

氷点下の日に袖口スカスカのコートを着ていたり、真夏日に、明らかに暑い、しかしこれを脱ぐと上半身裸になってしまうという七分丈シャツを着ているヤツである。

さらに周りに「暑くない？」等指摘され、気の利いた返しができず「苦笑い」までが非リア充の正しい季節のファッションだ。

そして非リア充は曜日にも敏感でなければならない。週休7日、という人は非リア充ではない。非リア充たるもの、大してやりがいもない仕事につき、週末を待ち望まなければならないからだ。

だが、気分がいいのは金曜の夜ぐらいでないといけない。日曜の夜や月曜は言わずもがな、土曜からすでに「実質あと1日しかない」とブルーになり、水曜あたりでも「まだ水曜かよ」と鬱になるのが非リア充だ。曜日を理由に、毎週飽きもせずに世界の終わりみたいな気分になれるのが、非リア充だ。

その代わり、月に対する感覚は大雑把でいい。曜日は把握しているが、今何月かは見失っているぐらいで良い。

月を気にしたい場合は、5月の連休を楽しみにするのではなく、その後の6月は祝日がないという点を気に病んで過ごすなど、工夫をしよう。

だが、月に対しては無頓着で良いが、3ヵ月ごとの区切りだけは絶対忘れてはならない。

「悲報！　今年もう3ヵ月終了」「悲報！　今年もう半分終了」「悲報！　今年終了まであと3ヵ月」と逐一SNSでお知らせするためだ。

　もちろん、この意味不明な焦りが、やるべきことがあるのに時間がないという焦りではいけない。今年の残りが6億年あろうが、やるべきこともやりたいことも特にないが、ただひたすらタイムリミットにおびえているという状態でなければならない。

　さらに特に理由のない焦燥感を自分だけ得るのはフェアではないので、皆さまにもおすそ分けしなければならない。そういった互助の精神でツイッターなどに時報の如く、正確に時の流れをお知らせしているのだ。

　焦りながらも施しの精神を忘れない、非リア王たるものかくありたいものである。

　非リア充は何に対しても、無気力、無感動であるべきだが、パンドラの箱に最後に残った希望の如く「何かしなきゃいけない気がする」という、謎の焦りだけは最後まで持ち続けなければいけないのだ。そして何もしないまま死ぬ、それが正しい非リア充の一生である。

　もし、最後の焦りまでなくなってしまったら、平凡なブッダになってしまう。

　当然だが、「何かしなきゃ」の衝動で、何かしてしまうのはダメだ。それは非リア

充ではなく、中学2年生か大学2年生だ。

語学留学も、新世紀の神になってこの腐敗した世界を粛清するのも、想像だけで、実際行動してはいけない。後者は実行して成功したというなら、それはそれで素晴らしいが、非リア王としては正しい行いではない。

常に何かしなきゃと思いながら何もしないという、ある意味、動かざる事山の如しな高度な武田精神が必要なのである。

しかし、遠足しかり、なんでも、やる前の想像を膨らませている時がもっとも楽しいものである。

ずっと何かしなきゃいけないと思っている。それは、一生「まだ何かやれる」と思っていられるということでもある。

逆に言うと死ぬまで希望がある。それが非リア王の一生である。

第19回

ＨｉＧＨよりもＬＯＷがいいかもケンカなら

今回担当から出されたテーマは「非リア充のケンカ」だ。

ところで、先日ついに『ＨｉＧＨ＆ＬＯＷ』を見た。

このように全ての話を遮って、今自分が浸かっているホットな沼の話を始めてしまう、というのはオタクによくあることだが、一応今回のテーマに関係ある話なので最後まで聞いて欲しい。

そう言いながら、徹頭徹尾関係ない沼の話を最後までしてしまうのもオタクにはよくあることだが、本当に関係あるので頼むから聞いて欲しい。

『ＨｉＧＨ＆ＬＯＷ』とはご存知、あのＥＸＩＬＥさんのドラマ及び映画である。

ＥＸＩＬＥさん達以外もご出演していらっしゃるが、半分以上はＥＸＩＬＥさんと思っていいだろう。まさかＥＸＩＬＥさんだけでほぼ全てを完結できるところまで来ていたとは思わなかった。

さっきから「ＥＸＩＬＥさん」と呼んでいるのは「ＥＸＩＬＥの○○さん」という固有名称知識が一切ないため、全部まとめるしかなくなった、ということなのだが、それでも芸能に疎すぎる私でも知っているのだから、メジャー中のメジャーグループと言えるだろう。

つまりそのファンもメジャー志向のリア充であると、少なくとも非リア充はそう思っており、ＥＸＩＬＥさんがどうこうではなく「ファンがリア充そうだから」という迂回しすぎな理由で深刻なＥＸＩＬＥさん離れを起こしている非リア充も存在する。

よって濃縮ＥＸＩＬＥである『ＨｉＧＨ＆ＬＯＷ』も当然リア充の為のもの、と思いきや、意外とオタクと親和性が高いコンテンツであることが今では判明しており、私もオタクとしては大いに楽しんだ。しかしオタクと非リア充は違うし、やはり非リア充として見ると気に入らないもののような気がする。

つまり『ＨｉＧＨ＆ＬＯＷ』を非リア充として見た時の楽しめなさこそが、非リア充の非リア充たる所以《ゆえん》、リア充との決定的差ではないかと思うのだ。

まだテーマである「ケンカ」が遥か彼方にある、と思ったかもしれないが、すぐ至近距離にくるから安心してほしい。

この『ＨｉＧＨ＆ＬＯＷ』、メチャクチャケンカしているのである。

私が見たのは『ＨｉＧＨ＆ＬＯＷ ＴＨＥ ＭＯＶＩＥ』とその続編『ＨｉＧＨ＆Ｌ

OW THE RED RAIN』のみだが、まあケンカしてたし、それ以前のドラマシリーズや残りの続編もケンカしているに違いない。むしろケンカをしていないなら2時間何をしているのか教えて欲しい。

では『HiGH&LOW』は、アクションものなのか、というと、確かにそういう面もある。しかしそれが主題かというと違う気がする。やはり「絆」ではないだろうか。

「絆」。聞いた瞬間、非リア充が蒸発してしまうやつである。

非リア充が憎んでいるものと言えば、カップルなどをイメージするかもしれないが、カップルに腹を立てているのは「元気のいい非リア充」であり、もっと言えば若手、若輩《じゃくはい》である。

恋愛に対するコンプレックスなど割と早い段階でなくなる。だが友情、仲間コンプレックスというのはなかなか消えるものではない。『HiGH&LOW』はそこを最高に刺激してくるのだ。

テーマが「絆」でも、一対一のバディ物ならまだ良い、だが『HiGH&LOW』は「チーム」だ。

「チーム」。これも非リア充が、灰燼《かいじん》と化すやつである。己が生涯かけて一度も入れなかったもの、または一応所属はしていたが最後まで居心地が悪かったもの、もしくは「カレー沢さんが一人だから入れてあげなさい」とお情けで入っていたものである。

それも1チームや2チームではない。『HiGH&LOW』は10チームぐらい出てくるし、チームというよりすでに「仲間（ファミリー）」なグループも多数存在する。

オタクとしてはこのファミリーを全紹介、と言いつつ巧みに推しチームの話だけしたいところだが、今回はそういう話ではないので仮に「山田さん家」「鈴木さん家」というファミリーが出てくるとしよう。

『HiGH&LOW』は、半世紀末な世界観でファミリー同士が抗争したりする話なので、当然別ファミリーである「山田さん家vs.鈴木さん家」というケンカは起こる。しかしそれだけではなく山田さん家の人間同士でも起こるのだ。

そのケンカも、無視とか「なんで私が怒ってるかわかる？」みたいな、粘着なものではなく、ド直球に殴り合ったりするのである。しかしそのケンカは、わかってもらうためであり、殴り合いながら「山田さん家は仲間を見捨てねえ！」みたいな熱い台詞が出たりするのである。

つまり『HiGH&LOW』におけるケンカは悪を倒すためのものだけではなく「コミュニケーション」でもあるのだ。

現実世界でもケンカでコミュニケーションをしている人はいる。「ケンカするほど仲がいい」というヤツだ。しかしそれはコミュニケーション方法としてあまりにも高度だ。できるとしたら、家族、恋人など、多少のケンカで離散するのは生活や法律的にも無理な関係か、セックスでうやむやにできる仲だけである。

よって非リア充はケンカを避ける。普通のコミュニケーションですら満足にできないのに、相手の言い分を否定し、自分の正当性を主張、さらにその後、和解、などできるはずがない。

つまり、非リア充にとって、ケンカは関係の終焉だ。

しかし「ケンカしなければ本当に仲がいいとは言えない」かというとそうではないだろう。

一生一度もケンカをしなかったという関係はやはり「仲がいい」と言えるはずだ。

それに『HiGH&LOW』方式はリスクが高い。現実では、ケンカしたけど全然わかってもらえないし友達に被害届を出されたという「傷つけただけ」の場合の方が多いだろう。

非リア充は自分が傷つくのを極度に恐れているため、人との衝突を避ける。だがそれは逆に「誰も傷つけない」とも言えるのだ。

HiGHリスクなコミュニケーションよりLOWリスクな逃げ、非リア王として正しい判断ではないだろうか。

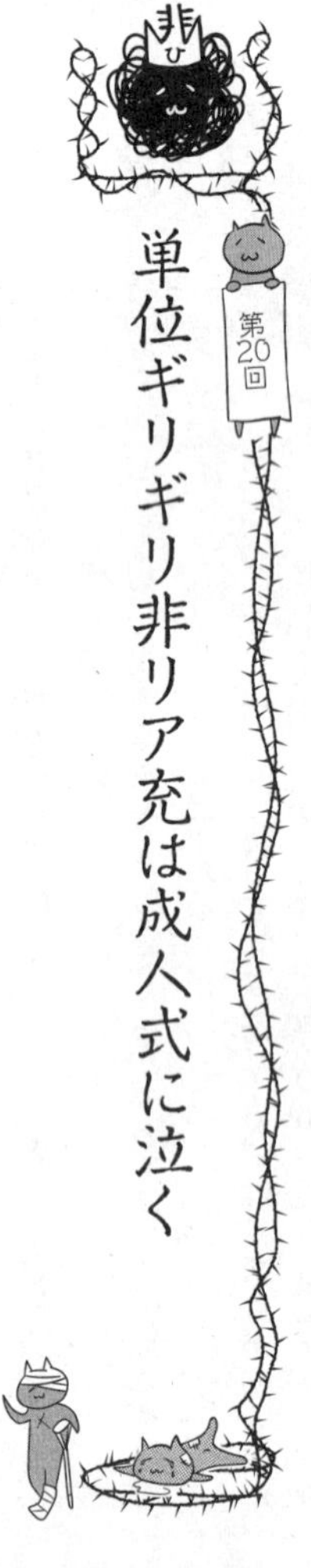

第20回 単位ギリギリ非リア充は成人式に泣く

今回のテーマは「イニシエーション」だ。

だが、その前に一つだけ言えることがある。担当は私が「イニシエーション」の意味を確実に知らないことを見越して、このテーマを選んでいるということである。

「さて、2月の『非リア王』ですが、『非リア充とイニシエーション』など、いかがでしょうか。1月は日本流〝イニシエーション〟＝成人式などありましたが、非リア充は永遠に大人にはならないのか、しかし彼らなりの人生の通過儀礼的なものはあるのかどうか……」

この微妙にイニシエーションが何なのかわかりそうでわからない書き方、そして私がわかっていないことをわかっているくせに、「わかってますよね？」という体《てい》で話を進めてくる感じ、間違いない。俺は担当の煽りには詳しいのだ。

しかし、ここで拘泥しているわけにもいかぬので、即「イニシエーション」の意味をググった。

「通過儀礼」という意味だそうだ。

驚いた。メールの最後に「通過儀礼的な」と既に日本語での意味を書いていたのだ。なら何故最初「イニシエーション」と言った？　どうやら私はまだ担当の煽りに詳しくなかったようだ。

さて。非リア充の「イニシエーション」だが、そんなもの今更言わなくても「学生時代」という、巨大な通過ポイントがある。

前にも書いたが、大人になると「友達」の重要性が減る。仲良くならなくても「話が通じる」のレベルで何とかなるため、「ゴリラじゃなければイケる」「ゴリラの場合でも腕力でイケる」のが社会人だ。

また、社会、主に仕事というのは「楽しむ」のが前提ではない。どれだけ仕事がつまらなかろうと、会社内で孤独を極めようと、「そもそもそういう場じゃないんだから」という言い訳が立つ。

だが、学校は違う。「本分は勉強」と言いながら、「楽しまなきゃ損」という空気が蔓延している。本当に勉強が本分なら、机とかも、個々でしきりがある、ラーメン屋「一蘭《いちらん》」方式で良いはずだし、体育祭や文化祭もいらない。あったとしても個々で戦うべきだ。生徒の数だけ、赤組、白組、ビリジアン組、どどめ組などを作って、点数を競いあった方が良い。

だが、現実には学校生活では、勉学も大切だが「友情」とか「恋愛」とか「社会人になったらそうはいかないんだから今のうちに楽しんでおけ」という圧がある。

つまりそこで楽しめなかった者は「人生で大損こいてる奴」、まるで2018年になってからビットコインを買った人間のような扱いであり、つまり「非リア充」である。

もちろん「高校デビュー」とか「大学デビュー」とか、スイッチングできる機会は幾度となく設けられている。

だがそういう分岐点があったにもかかわらず、一貫して非リア充だった場合、「全通で非リア充」という、全国舞台公演を全部見に行ってしまうような気合の入ったファンの如く、背中に一本芯の入った非リア充になっている。

つまり、学生時代というイニシエーション（覚えたての言葉を使うのが嬉しいので使う）で、大体「リア充」か「非リア充」かは決定づけられていると言って良い。

だが、そこで終わりか、というとそうではない。実は担当がイニシエーション（何度でも使う）の例として「成人式」を挙げたのは、するどい。

「成人式」「同窓会」は、非リア充にとって、重要なイニシエーションなのだ。何故かというと、どれだけ学ぼうと「復習」がないと、それを忘れてしまうからである。

逆に、学生時代を、非リア充として「完璧」に卒業してしまうと、この貴重な「復習」の機会を逃すことになる。

学生時代に「非リア充」を完全に履修してしまうと、成人式や同窓会の知らせが来ても、「行ったところでどうせ楽しいことはない」という完璧な答えを出してしまうため、「欠席」してしまうのだ。

一方、非リア充として単位ギリギリ、教授のお情けで卒業した者は、こういう知らせに対し「行けば何か良いことがあるかも」と思って行ってしまうのである。

合コン等、全く新しい出会いならワンチャンあるかもしれない。しかし、成人式、同窓会のミソは「あの時と同じメンツ」な所である。そのメンツで、3年ないし、もっと長い期間一緒にいて「何も良いことがなかった」のだから、ただ一日の再会で、良いことがあるはずがないのだ。

そして、成人式で展開されるのは「あの時と全く同じ構図」である。何せ、中高を

卒業して間もない時だ。当時仲の良かった者同士がつるみ、当時のリア充が場を仕切る。あの時の教室と全く同じ空間であり、全く同じように孤立する自分がいるのである。

そして思う。「あっコレ、進○ゼミで見たやつだ！」と。つまり成人式や同窓会というのは、復習であり学生時代にした予習の成果でもあるのだ。

学生時代、いやというほど経験したことを、ワンスモア追体験。むしろ社会人になると、そうそう体験できない「あの教室」の空気をもう一度味わえる、貴重な機会なのである。

下手に学生時代、非リア充としてすべてを極めると、このチャンスを逃してしまうのだ。

もちろん私は行った。私の地元は何故か成人式を真夏にやる。こうなると「振袖」というカードがなくなり、リア充と非リア充の差が解消されると思われるが、リア充、いやもうリア充だけでなく「普通以上」の者は事前に「じゃあ浴衣で行こう」と示しあわせていたのだ。

そして、私は行った。皆が「これが正装です」と言わんばかりに浴衣で来ている中、「リクルートスーツ」で馳せ参じた。紺色だ。

何故行ったかというと、もちろん「何か良いことがあるかも」と思ったからだ。

おかげで非リア充として、得難き体験をすることが出来た。

つまり、若いうちに「すべてをわかったつもり」にならない方が良い。非リア充のみならず、すべての人に言えることである。

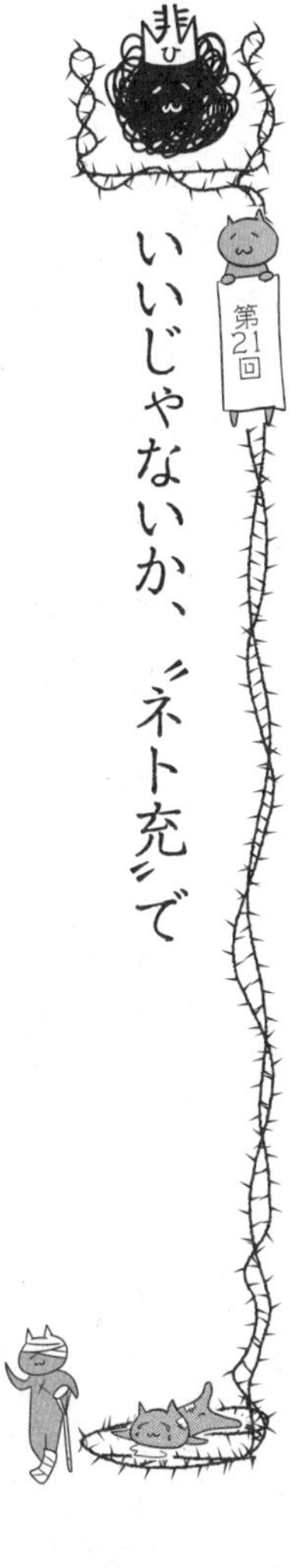

第21回　いいじゃないか、〝ネト充〟で

今回のテーマはめでたくＷＨＯ（世界保健機関）から病気認定される見通しの「ネトゲ依存症」で頼む、とお達しがあった。

だが祝病気認定と言っても、これでネトゲ廃人どもが救われるというわけではない。何故ならネトゲ廃人は自分が救われるべき存在だとは微塵も思っていないからだ。ネトゲに命をぶっかけうどんすることこそが人生であり、それを止めようとする奴こそ、人生の意味を見つけられていない憐れむべき存在だと思っている。

つまり、自分のことを全く病気と思っていないし、尿を詰めたペットボトルを部屋に貯めて美しいグラデーションを作り出しているような状態でも「これでいい」「ベスト」と思っているのである。

他の依存症と同じように、いくらWHOが「お前は病気だよ」と言っても本人が「俺病気や」と自覚しない以上、治療ははじまらないのだ。

周りがいくら不倫を止めようとしても本人が「運命の恋」と思っているうちは何を言っても聞かないのと同じだ。自分で「拙者もしかして民法違反者では？」と気づくのを待つしかない。

そういった意味では、ネトゲ（ネット）依存症者と、非リア充はかなり違う。

非リア充の「リア（リアル）」が何と対比してリアルかというと、妄想や幻覚ではない。確かにそれらもよく見るが、主に「ネット」に対して「リアル」なのだ。

つまり、非リア充とネットは切り離せないどころか、存在自体、ネットありきである。

ネット内でもネット外でも何もしていないとしたら、それは非リア充ではなく、もはや仙人寄りの方向へ行っている。

よって、非リア充がネットに依存しているというのは否めない。ではホンモノの依存症や廃人と非リア充は何が違うのかというと、非リア充はそこまで力強く「これでええんや」とは思っていないところだ。

思っていたとしても「これでいいや」的な、諦めの場合が多く、依存症者のように「今、命が輝いている」「人生の全て」みたいな気持ちでネットに取り組んでいない。

そして、外でやることがあって、遊び相手がいるリア充の方が、一日中ＹｏｕＴｕｂｅを見ながらストロングゼロを飲んでいる自分より上の存在と思っている場合が多い。

しかし、友達や恋人や趣味などがない、いわゆる「リアルが充実してない」状態でも、その代替がネットである必要はないのではないか。何故ならネットが登場するずっと前から「リアルが充実してない人」は存在していたはずである。そういう人たちがネット普及以前何をやっていたかというと、ストレートに仙人になった人もいるかもしれないが、部屋で筋トレしたり、顔に見える壁のシミと会話したり、指毛を数えたりと、バリエーション豊かな時間つぶしをしていたはずである。

だが、ネットが普及すると「リアルが充実してない人」はこぞってそれで時間をつぶすようになり、あんまり指毛を数えなくなり、そして「非リア充」と呼ばれるようになったのだ。

ネットが最高の暇つぶしツールだから、というのもあるが、「リアルが充実してない人」が大なり小なり依存していくのには大きな必然性がある。

まずなぜリアルが充実しないかというと「コミュニケーション能力が低い」のが大きな理由となっている場合が多い。

だが、ネットコミュニケーションだと、対面ではない場合がほとんどだし、文字なら自分の言いたいことを落ち着いて伝えられるため、人並みのコミュニケーションが可能になる場合が多い。

つまりネットをやっている間は「人付き合いが苦手」という悩みが消えるのだ。

現在大人気のストロングゼロを常飲している方はこぞってこう言う、「飲んでいる間は悩みが消える」と。

つまり、非リア充にとってネットはコミュ障という悩みを消してくれるストロングゼロなのである。これは依存して当然だ。

しかしストロングゼロで全ての悩みが消えてウルトラハッピーになっている人に対し、ネットでコンプレックスを消している人は、心のどこかで、SNSでフォロワーが2兆いても、リアルで友達が一人もいない自分はダメだと思っていたりする上、ネットではつらつとしている自分と、リアルで天気の良い日だけ見える埃みたいな生活をしている自分を対比して凹む、という新しい悩みを作り出している非リア充もいる。

もうやめないか「リアル＞ネット」という考え。

例えばYouTuberだって、ネット上の活動なので広義では「非リア」の人だ。しかしそれで億稼いでいる人がいる。

「ネットで稼いだ億はリアルで稼いだ30円より価値が低い」と言えるだろうか。

気分的問題でそう言いたがる人もいるかもしれないが、金銭的価値はネットの億のほうがはるか上である。

少なくともネットでの華々しい活躍を自分自身が「でもリアルじゃないし」と否定するのはやめよう。

だが、もちろん、リアルでも友達ゼロ、YouTubeの再生数も3（自分のみ）ということはある。
その時は「仙人」として天上界のトップを目指すのもありだ。自分が輝ける場所を、リアルだのネットだの制限するのが間違っているのだ。

第22回

新人に秒で追い抜かれる春

今回のテーマは「無の世界へのニューカマー」だ。

以下、担当によるテーマ概要である。

「ひたすら壁と対話する人生を貫く非リア充達にも、春が来るとどうしても心地よい環境をザワつかせる、新顔が身の周りにやって来がちかと思います。そういう際の折り合いの付け方について、何か助言をいただければ幸いです」

御担当様の仰る通り、非リア充如きにも春が来る。

もちろん非リア充自体は季節に無視されているので無関係だが、周りが勝手に春になりやがるので巻き込まれ事故的に春が来る。

私事になるが、この春、会社を辞めることになった。つまり無職だ。

この「無職」という称号は非リア充にとって「鬼にカイザーナックル」というぐらいのプラスに感じるかもしれないが、実は大きなマイナスである。

リアル世界と全く接点がない人は非リア充ではない。どちらかと言うとひきこもりだし、全く外部と接触せずに生きていけるライフスタイルを構築しているとしたら、それはただの勝ち組である。

多くの非リア充たちもできればそうしたいと思っているが、どうしたら良いかわからないし試す勇気もない。よって生きるには「外で働く」という最も凡庸な手段を選ぶしかない。そして、そこで思う存分パッとしない姿を晒しているのが、模範的非リア充だ。

「リアルが充実してない」ことを示すには最低限でも「リアルに存在しなければだめ」なのだ。皮肉なことに、「リアルと接点あってこその非リア充」なのである。

そんな非リア充の貴重なリアルとの接点である「会社」がなくなるというのは、非リア充の称号剝奪の危機である。ボクサーで言えば網膜剝離したぐらい致命傷だ。

よって今、会社を辞めようか悩んでいる人は「非リア充じゃなくなるかもしれない」ということを念頭において後悔のない選択をしよう。

模範的非リア充として、今年度もこのパッとしない会社の、いてもいなくても大勢に影響ないポジションに居座るぞ、というフジツボ精神を新たにしている人でも、意志とは関係なく、さらにどうでもいい部署に異動になったり、新入社員が入ってきたりして、多少なりとも環境が変化してしまったりするだろう。

非リア充でなくても、環境の変化が苦手で、新天地に行くより、永遠に慣れた場所で慣れた仕事をしていたい、という人も多いと思う。

だが、非リア充はそれとは若干違う。「慣れた環境が変わるのが嫌」以前に「永遠に慣れることがない」のだ。

「人見知り」と、多くの非リア充が車におけるブレーキぐらい標準装備している「コミュ障」は似ているようで全く違う。

人見知りは初対面で人と上手く話せず、その後だんだん慣れていくが、コミュ障は逆に初対面でも、必要最低限の会話や事務的な話はできる。

だが、そこから一歩も動かないのだ。

安西先生が「まるで成長していない………」と驚愕する変わりのなさであり、入社3年目だろうと「今日入ってきた人ですか?」というぎこちなさなのだ。

逆に言えば「常にフレッシュ」なのがコミュ障であり、非リア充なのである。よって非リア充にとって職場というのは永遠にアウェイであり、毎日新鮮に「バイト初日」みたいな、所在のなさを感じている。

むしろ、コミュニケーションについては、初日がピークで徐々に辛くなっていく、と言っていい。

初日は誰でも事務的でぎこちないものだが、日数が経つにつれ同期入社の者は周りと人間関係を構築しだす。しかしコミュ障はスタート地点から動かないので、その差が目立ち始めるし、自身もそれと比べて劣等感を抱いてしまう。

また春というのは、その劣等感を非常に感じやすい時期だ。

新入社員が、入社5年目の自分が未だ成し遂げていない「談笑」を1週間で達成しているのを目の当たりにしないといけないからである。

コミュニケーションというのは、出世よりもさらに年功序列が関係ない世界なので、新年度のみならず新入社員が入る度に、非リア充は「新人に秒で追い抜かれる」を体験しなければいけないのだ。その辛さは自分の勤続年数が増えるほどに加速していく。

今日から よろしくおねがい します
ココがピーク

学校なら卒業があるが、会社だと辞めるか潰れるかしないと、それはエンドレスである。

よって、非リア充はある程度年数が経つと「慣れた場所に永遠にいたい」より「人間関係リセットしたい」の方に行きがちなのである。

何年いても慣れることなく、年々行き詰まるので「誰も俺を知らない土地でやり直したい」という、時効待ちの犯罪者のような気分になってくるのだ。

しかし、場所が変わっても自分が変わらなければまた同じことを繰り返すだけなので、結果として「仕事が長続きしない」ということになり得る。

よってこの春、コミュ力のある新入社員にコンプレックスを刺激されて、新天地へ行きたくなっている非リア充にアドバイスするとしたら「仕事なんだから仕事の話ができてりゃいいんだよ」である。

第23回

「ブス界一の美人」にも似た〝グローバル非リア充〟

今回のテーマは「非リア充とグローバル」だ。以下担当からのメールである。

「積極的にコミュニケーションを取らず、海外に出て行くことなど考えてもみない非リア充たちかもしれませんが、ＳＮＳは世界と繋がっていますし、ビットコインとかＦＸとか、私にはよくわかりませんが、儲けるためには世界的な経済動向も把握しておかなくてはかと思います」

俺は良く知らんけど、お前らはそろそろ世界に目を向けないとやべえんじゃねえの？　というありがたいアドバイスである。

確かに、母国語でコミュニケーションが取れない、でおなじみの非リア充だ。まして海外で、外国人相手にコミュニケーションを取ろうなどと考えるはずがない、と思うかもしれない。

全くその通りだ。

二次元の世界に行く方法は寝る間も惜しんで考えているが、海外へ行こうとは夢にも思っていない。

海外へ行ったのは新婚旅行のハワイだけだ。

もちろん「日本語が通じる」という理由で選んだし、たとえ日本語が通じる相手でも現地人とは出来るだけ話さないようにしたし、たまに通じない相手に当たると「黙って苦笑い」という、日本人相手と全く同じコミュ障リアクションを取ってしまう、ある意味、国籍に囚われないグローバルコミュニケーションをしてしまった。

もし外国人と海外でコミュニケーションを取ろうとしたら、言語の問題もあるがアウェイの地で「このわけのわからん謎の東洋人の話を聞けよ」という意志が必要となってくる。

むしろ、国内でできさえ外国人に話しかけられると自分が異国に迷い込んだみたいになる。

だがこれは、私個人の話である。非リア充の中には、ネット上であれば国籍言語問わずコミュニケーションが取れるし、国際的な活躍をしているという者だっているはずなのだ。

つまり非リア充の中にも大きな格差があるということである。

非リア充の定義は「ネットでだけ元気な奴」ということだが、その元気さがどこに向かっているかは個人によって全く違う、ということだ。

ネット上でも、積極的に他者とコミュニケーションを取り、海外にまで人脈を広げる者と、ひたすら有名人を無言フォロー、みたいな奴に分かれるのである。

また、リアルでは一言も発せない奴が、ネット上で作品発表やパフォーマンスをして、大きな注目を集めることがある。

漫画界でもアマチュアが描いた漫画がツイッターでバズって、3秒後には書籍化決定、大ヒットみたいな現象が良く見られるようになった。

だがその一方で自分では何も発信せず、ツイッターに流れてくる、何か良いこと言っている風な他人のつぶやきをひたすらリツイートして「わかる」「それな」と言い続けているだけの非リア充もいるのだ。

つまり「ネットでだけ元気な奴」と一口に言っても、ただのネット弁慶で終わっている奴と、ネットで全てを手に入れている奴がいるのである。

ところで、担当が「ビットコインとかFXとか」と言っているが、それらを含む「ネットだけで稼ぐ」は非リア充が一度は考えがちなことである。

コミュ障持ちの非リア充にとって、外で他人と接しながら働くというのは苦痛でしかないため「この大好きなインターネットで、外で働く必要がないほど稼げぬものか」と思ってしまうのだ。

もし「非リア充界の勝ち組」を定義するとしたら、収入をはじめ、ネットで全てを賄《まかな》えているので、もはやリアルの必要さえない人を指すのではないだろうか。

「非リア充界の勝ち組」と言うと「ブス界一の美人」のような微妙さを感じるが、リアルで働くよりよほど富を得ている非リア充は存在する。つまりすでに、美人より美しいブスがいるということだ。

そういうブスにどうやったらなれるかというと、ＦＸのような投機からＹｏｕＴｕｂｅｒになって広告収入を得るまで様々ある。

どれも会社に行かなくて良い、一人で出来るというメリットがあるが「利益が出せるかどうかわからない」というデメリットが共通しているし、ものによっては「マイナスになる」可能性すらある。

多くの非リア充がこのリスクにビビって脱落し、果敢に挑戦した非リア充の中でまた成功者と敗北者に分かれる。

もはやインターネットはリアルでパッとしない人間が鬱憤を晴らす、敗者のたまり場などではない。リアルとなんら変わりのない、挑戦する者としない者、成功する者と失敗する者のいる世界である。

かく言う私も「インターネットだけでどうにか生きられないか」と思った一人である。

だが、ブログで広告収入を得ようにも、多くて2万ぐらいしか稼げず、昨年末、ビットコインフィーバーを見て購入した瞬間大暴落した。

つまりネット収入を得ようとして損をする人間は非リア充界の負け組かもしれないが、「自分には無理だ」と判断し、外で確実な収入を得る方を選び、そのストレスをネットで解消する人間は別に負けているというわけではない。

リアルだろうがネットだろうが「無謀なことはしない」のは重要である。

そして最後に担当に言いたいことがある。「二度と私の前でビットコインの話はするな」。

第24回

全然悪くないかも〝非リア婚〟

今月の担当からのテーマはこちらだ。

「先月はハリー王子とメーガン・マークルさんのロイヤルウェディングがあり、世間も6月は何かと結婚式など多そうです。そこで、『格差婚』とか『逆玉婚』とか『婚活』などなど、とかくライフイベントとして重大な結婚について、あるいは結婚式について、また『非リア婚』とはどんなものかなど、考察いただければと思っています」

まず王族から非リア充に話を持っていくのはやめろ、殺人《キラー》パスすぎる。

前にも書いたが、非リア充と結婚の関係以前に「結婚しているなら非リア充を名乗るな」という主張がある。

私も「結婚しているなら非リア充ではない」と言われたことは一度や二度ではない。

また私は他社で「ブス」についての本も書いたが、その時も「結婚できたならブスじゃない」という意見があった。

それに関しては実際私の顔を見て「すまんブスでも結婚できたみたいだわ」と、非を認められるのも複雑だが、そういう意見を言う人は少し「結婚」を特別なことと思いすぎではないだろうか。

結婚が美人とリア充にしか成し遂げられない偉業だったら、今頃、日本の人口は30人ぐらいになっている。全ての時代において「そうでもない奴ら」も結婚や繁殖活動ができたから、今1億人以上もいるのだ。

つまり「良い結婚」となると難易度は上がるだろうが「そうじゃない結婚」というのはそこまで大したことではなく、「運」とか「タイミング」とか、全く自分の実力じゃない部分によって可能なのである。

非リア充やブスでも、幸運に恵まれたり、タイミングが良い時はあるのだ。

逆に言うと、タイミングと運が悪い人が誤ってそういうタイプと結婚してしまった、とも言えるが、結婚というのはそういう「めぐり合わせ」による「運ゲー」要素が強いため、必ずしも実力があれば結婚できる、という世界ではないのだ。

しかし「既婚者が非リアとかブスとか語っている時点で寒い」と言われることさえあるので、「結婚」や「恋愛」というのは非リア充にとってイメージダウンであることは間違いないようである。我々はアイドルか。

一方で「非リア充」はネットに傾倒しているため、リアルでのコミュニケーション能力に欠け、結果、恋愛や結婚と縁遠くなるのは必然とも言える。

では非リア充が確固たる意志を持って、恋愛や結婚をしようとしたらどうなるのか。

まず私の少ない経験からすると非リア充は、自由な複数プレイには向いてない。突然乱交パーティの話をしだしたわけではない。むしろそれなら会話があまりいらなそうなので向いている可能性がある。

複数人の男女を集めて「あとは自由に仲良くなれ」形式だと、非リア充はまず負けるし、真っ先にジェイソンに殺される。

非リア充は「アドリブ」に弱い傾向がある。非リア充同士で即興ラップバトルをさせたら、二人同時に泡を吹いて倒れるため、常に引き分けになるほどだ。

非リア充が曲がりなりにも社会にいられるのは「言うことが決まっていることは割と恙《つつが》なく言える」からだ。つまり仕事の話なら普通に出来たりするのである。

だが「自由に話せ」と言われると、非リア充は瞬時に語彙と所在を失うし、さらにそれが複数人相手となると完全に迷子だ。

よって「街コン」のような大人数で集まって「友達を作ろう（あわよくば恋人

も）」みたいな、あやふやな集会には行かない方がいい。さもなければ制限時間中ずっと、飼い主の迎えを待っている犬みたいな顔で佇まなければいけなくなる。だから非リア充が婚活などをする場合は、見合いぐらいガチガチにセッティングされている場を選んだ方がいい。

それなら、話す相手は一人だし、相手がヘッドフォンにアイマスク姿、という場合を除いては「結婚を意識してこの場に来ている」ことがわかるため、話すことにも若干手がかりが出てくる。

では、相手から「非リア充」はどう思われているのかというと「ネガティブ」「コミュ障」「だらしない」「インドア」と軒並みろくな印象をもたれていない。

中には「オタク」と混同されているケースもあるが、非リア充はどちらかと言うと「まとめサイトを見ていたら週末が終わった」というような、無趣味タイプが多い。

しかし、以上のような非リア充像は決して結婚相手として悪い、というわけではない。

ポジティブな奴は、慎重さがなく、具体策を考えずにただ前向きで腹が立つという人もいるし、「夫がアウトドア野郎じゃなかったことを神に感謝している」「むしろインドアなところだけは評価できる」と言っているご婦人方も少なくはないのだ。

また趣味が多ければ多いほど金がかかる。生計を一にするならインターネットだけで満足してくれる奴の方が安上がりでいい。

結局は「めぐり合わせ」、そして「相性」だ。

結婚相手に望むことを並べていったら「それ非リア充じゃね？」となる人間だって、結構いるはずである。

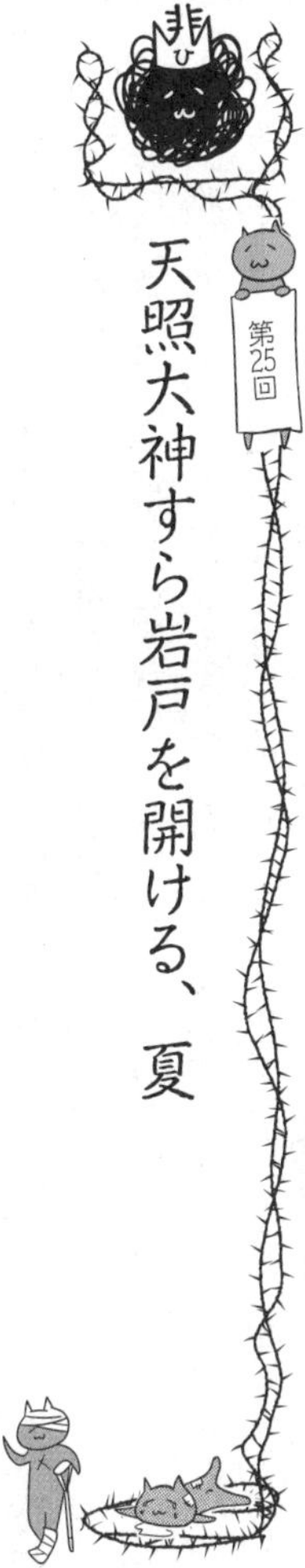

第25回　天照大神すら岩戸を開ける、夏

今回のテーマは「非リア充と夏」である。

まず非リア充に、夏というイメージがないと思う。それ以前に、前にも書いたが、

春夏秋冬を感じているうちはまだ非リア充ではない。

季節イベントが全て自分に無関係となるため、今が何月かすらわからなくなり、5月ぐらいに「今10月ぐらいだっけ」と本気で考えるのが正しい非リア充である。

夏ぐらい暑いから気付くだろうと思うかもしれないが、空調が発達している現代においては「外に出なければ気温を感じる機会が激減する」のである。

よって、家、車、会社の反復横飛びで、外気に晒《さら》される時間が毎日トータル5分の田舎の非リア充にとっては、夏も冬も気が付いたら終わっているものなのである。

逆に言うと、リア充というのは「季節を感じている生き物」である。暑いのも寒いのも「楽しまなきゃ損だよ！」という、旧ベッキーのような精神を持っている。

特に夏はリア充にとって「楽しまなければ家が全焼して末代まで祟られる」と言われている季節だ。

海に山に、ＢＢＱ、花火、夏フェスと、夏にリア充が楽しまなければいけないイベントは枚挙にいとまがない。

この「夏をエンジョイしているリア充」という奴は、岩戸に隠れた天照大神《あまてらすおおみかみ》をおびき出すために岩戸の前で騒ぎまくっていた連中みたいなものである。

すでに非リア充として徳を積み終わった非リア充は、そんなものガン無視で、ほぼ半裸で踊っているリア充に対し、岩戸内で「それ春も秋も着てたよな」という七分丈を纏《まと》って、ひたすらソシャゲで単純作業である。

しかし、徳の低い非リア充の中には、この「夏の楽し気な空気」にやられてしまう者がいる。

やられるとどうなるか、というと「自分もその楽しそうな輪に入ってみよう」と思ってしまうのである。

「楽しそうな輪に入れば楽しめる」というのは、徳の低い非リア充が陥る代表的錯覚である。

むしろ「いかにも楽しそうなものが楽しめない」ことこそが、非リア充としての素質と言っていい。傍目《はため》には楽しそうだったのに、中に入った途端「居心地悪くて死にそう」になるのが非リア充だ。

これは、水の中でしか生きられないエラ呼吸生物が「おっ外、楽しそうやんけ」と水から出たら死ぬのと同じである。

特にリア充の輪というのは、非リア充にとっては宇宙空間みたいなものなので、入ったらほぼ即死である。

夏にはさらに大きな罠がある。

「暑い」のだ。特に夏のリア充イベントはほとんど屋外のため、もれなく暑いのである。

何故オタクがあの炎天下、長時間夏コミの長蛇の列に並べるのかというと「推しのDB（ドスケベブック）を手に入れる」等の確固たる目的があるからだ。

つまり、夏のイベントというのは、暑さを凌駕する何かがないと全部「暑いだけ」の苦行となるのである。リア充は主にこれを「暑いのが逆にいいよね！」という「テンション」で越えてきている。

片や非リア充は大体テンションが低い。とても「ウェェーイ！」の一言で36℃という体温レベルの気温をなかったことには出来ないのである。

よって、非リア充が「楽しそう」という漠然とした気持ちで夏イベに参加すると、ただ「暑くて疲れた」という結果になる上、「同条件なのに楽しそうなリア充」という、最もコンプレックスを刺激してくる存在が周りにウジャウジャいるのだ。

つまり非リア充が、考えなしに夏イベに行くというのは、盆を過ぎてクラゲだらけの海に特攻するのとあまり変わらないのである。

学生時代というのは、この「同条件なのに楽しそうなリア充」を否応なしに見せられる期間である。同じ制服を着て同じ教室にいて、同じ授業と学校行事をしているのに、明らかに「エンジョイ度」が違う、というのを目の当たりにしなければいけない。

だがそれは、学校が非リア充にとって「エンジョイできない場」なのだから当然だ。だから自分が大はしゃぎできる場である「ネット」に傾倒したのではなかったか。

それを忘れて、せっかく「強制参加の楽しめない施設」である学校を卒業したのに、再び自ら「行かなくてもいい楽しめないイベント」に参加するというのはバカすぎる。

しかし、そんな迂闊な非リア充が、海の仮設トイレで吐いている間、岩戸内でひたすらスマホを連打している徳の高い非リア充が、どうやってそこまで徳を積んだかというと、そういった「楽しそう」なことに実際参加して、「楽しくない」と夏フェスのトイレで嘔吐しながら思い知ったからである。

そういう経験をしてはじめて「これは行っても楽しめない」とわかるようになるのだ。

最初からノーミスで自分が楽しめないものを判別できるとしたら、それはまさしく「非リア王」だが、なかなかそんな者はいない。

つまり「迂闊さ」こそが非リア充としての成長の鍵である。

この夏、臆さずに「楽し気なこと」に迂闊に参加してみよう。

第26回

“非リア充”に迫る、言葉の世代交代

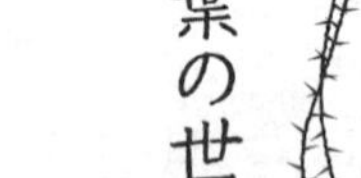

一応「非リア王」の紙媒体での掲載はこれで最後である。Ｗｅｂで連載が続く予定もあるのだが、一寸先にクロヒョウがいるのが人生である。本当に最終回という体で進めた方が後々に響かなくて良い。

そんな「非リア王」最終回のテーマは「俺の非リア人生振り返り史」である。自分はいつから非リア充だったのか。人間性については昔から変わっていない気がする。

前にも書いたかもしれないが、親には「小学生ごろまで元気だったのに」と言われていた。

小学生の時元気じゃなかったら、もう一生元気は訪れないと思うが、確かに小学生の時は親の前のみならず、学校などでもよく発言していた気がする。しかし、それは決して「人気者」的騒がしさではなかった。

簡単に言うと「常に一人で盛り上がっていた」のだ。私のテンションに、周りがついて来ていた記憶がない。『進撃の巨人』で言えば完全に奇行種カテゴリである。

よって、その時も元気だからと言って、決して友達が多いわけではなかった。つまり、イケメンキャラに「お前……おもしれえ女だな」と言われないタイプの、悪い意味での変わり者扱いである。

その後、やっと物心がついたのか、中学生ごろから急激に大人しくなった。これもうるさい空気が読めない奴から、喋らない空気が読めない奴にマイナーチェンジしただけなのだが、喋らないと今度は「変わり者」から「暗い奴」になってしまうのだ。

ここで顔が良ければ「クール」になるのだが、残念ながら大多数が「暗い奴」となり、私も完全にその一人だった。

「暗い奴」というのは、どのコミュニティでも割を食うポジションである。いじめられないにしても「あいつはいいや」とされることが多いし、もしくは「かわいそうだからお友達になってあげる」という同情枠、今ではマウンティング初心者が「チュートリアル」として最初に倒すのがこの「暗い奴」である。

しかし、まだこの時点では非リア充ではない。充実していないのは確かだが、リアルと対比するもの、つまり「インターネット」が中学生時代は存在していなかったのだ。

これは、ゾッとする話である。もしインターネットというものが存在しなかったら、「非リア充」といううすらボンヤリしたものではなく、未だにただの「暗い奴」だったのである。

このように、「非リア充」と言うと蔑称のように聞こえるが、「暗くて空気が読めず友達がいない奴」と、どストレートに言うより相当優しく、こちらとしても「自分を表す体の良い言葉ができた」とむしろありがたいぐらいだ。

自己紹介で「陰気、ネガティブ、協調性がない」と言うより「非リア充です」の一言で済ませた方が傷が浅い。

つまり「非リア充」という名称は、「女子力」という言葉が人間的にズボラでがさつなことを「女子力が低い」と問題点をぼやかした言い方をするのにも使えるのと同じように、非常に都合の良い言葉でもあるのだ。

逆に「非リア充」というのは、ネットのある時代に生まれ、さらにネットに居場所を見つけることが出来た、根暗界の出世頭と言って良い。

おそらく、リア充から見れば、暗い人間というのは全員「家でネットばっかりやっているんだろうな」という印象だろうが、もちろんネットにすらハマれない人間だって大勢いるのである。

よって、私の非リア充人生は、高校2年生の時、家にPCが来て、インターネットに触れたのが大きな転換期である。

それを機に私は、推しキャラの自作イラストをインターネットに載せることに命をかけはじめたため、当然成績はうなぎ下がり、進学校にもかかわらず大学にいかなかった。

局地的に見れば、人生狂ったレベルの悪い出会いである。しかし大局的に見ると、その時ネットに出会って傾倒していなかったら、今頃実家の部屋から出ず、七十近い母親に飯を運ばせる生活をしていたと思う。

少なくとも、このような何かを発信する仕事はしていなかった気がする。小学生の時、誰にも届いていなかった私の「一人はしゃぎ」を受け止めてくれる人がネットにはいたのだ。

もちろんこのコラムも誰かに届いているとは限らず、虚空に向かってしゃべっているだけかもしれないが、少なくとも「誰か聞いているかも」という幻覚を見られるのがインターネットの良いところである。

ところで、非リア充自身からも割と便利使いされてきた「非リア充」という言葉だが、日本語も日進月歩である。最近では「非リア充」自体もう古い言葉らしい。

そして非リア充の次に良く聞くようになったのが「陰《いん》キャ」である。陰キャとは、説明しなくても大体わかってしまうと思うが「陰気なキャラ」の略語で、逆は「陽《よう》キャ」だ。

非リア充に比べて、極めて直接的な言葉になってしまっている。非リア充だと、ただリアルが充実していないということしか言っておらず、性格については言及していないのに、陰キャは陰気だと言い切ってしまっている。

また陰キャは自称がしにくいという問題もある。ネガティブな人間は、他人に欠点を指摘される前に自分で名乗りを上げるという戦国武将みたいなところがあるのだが、「俺非リア充だから」は言えても「陰キャだから」は、むしろ暗いと思っていなかった人間にまで「陰気なのか」と思われてしまう。

そもそも「非リア充」は自称専門の言葉のようにも思える。あまり人が他人について「あいつ非リア充だから」と言っているのは見たことがない。

しかし「陰キャ」は「あいつ陰キャだから」とレッテル貼りに十分使えてしまうのである。

新しい言葉が出て来てはじめて、「非リア充」がどれだけ優しい言葉だったかがわかる。

決してこのまま廃れさせることなく、我々で守って行かなくてはならない。
もしくは「卍系」（ウェイ系の新語）のように徹底的に意味がわからなくしてほしい。
「卍《まんじ》」と見せかけて「卍《寺》系」とかどうだろうか。

ＩＴ用語

「非リア充」が壁としか対話せずとも生息可能なのは、ひとえにＩＴ技術の目覚ましい進歩があったから。本章では、真っ暗な未来を明るく照らす、非リア充の無敵アイテム＝ＩＴワードをカレー沢が語る！

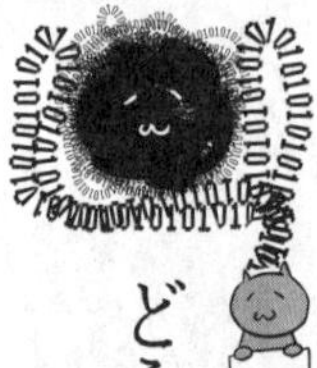

第1回

どうせなら猫につなげてほしい IoT

Ｗｅｂでまた会おうと言ったな、あれは嘘だ。

まえがきで書いた通り、掲載誌がなくなりストップした「非リア王」の連載はＷｅｂで再開の予定だったが、いろいろあって結局再開しなかった。一寸先はダンサーインザダークとはよく言ったものである。

よってここからは、別媒体で連載していた「ＩＴ用語」についてのコラムが始まる。

「今旬のＩＴワードについて語る」という体裁だが、連載当時旬だったワードはすでに酸っぱい臭いを放ち始めている可能性がある。

最初は、担当から出されたワードを自分なりに予想するという形だったのだが、考えたところでカスリもしねえということがわかってきたため、途中で最初からグダグダすところも見どころの一つである。

IoTとカレー沢氏の「挑戦」

驚くほど何も思い浮かばない。

担当も私に何か連想させたかったのなら、最初くらいもっと想像の翼が広がるワードを提示してはくれまいか。平素から「担当殺す」などと言っている私だが、ついに担当側も初手からこっちを屠りに来るという、企画自体はコケているかもしれないが、バトルものとしては「面白くなってきやがったぜ」という展開である。

まず「I」は「INU（犬）」である、とボケる元気もないし、これから私に単価の高い仕事をくれるかもしれない御ドッグ様に失礼なので、普通に考えて「I」は「Internet」もしくは「Information」だろう。何故なら最初に「IT用語」と言われているからだ。これで「正解は犬です」と言われたら、「新年度を迎えてオレの担当の殺る気がすごすぎる」というタイトルでラノベを書こうと思う。

次に「o」は、「of」もしくは「or」だろう。略称の間に挟まっている「o」は大体それらである。

「IoT」で一番重要なのは「T」が何であるかだろう。担当がこれだけ攻勢なのだから、こちらも迎え撃たなければ失礼だろう。

思えば当コラム、もともとターゲットにしている読者層が「処女懐胎で生まれた聖人」なので、不穏当な表現、もっと簡単に言えば下ネタは98%ぐらい修正される。しかし、私は「これは修正されるだろうな」とわかっていながら果敢にも卑猥なことを書き、やっぱり修正されるという行動を、皆さまの知らないところで何回もやっているのだ。むしろ私の人生で、これだけ諦めずに挑んでいることなどほかに一つもない。

なので、今回も挑ませてほしい。「T」とは「TIMCO」である。何と読むかは言わない、言ったら載らなくなるからだ。そもそも答えなどない、個人の判断に任せる。「ラストは皆さんが考えてください」というような、しゃらくさい映画みたいな感じがこの知的コラムにソーマッチだ。

「T」がなんであるかわかった今、Iは「Information」、oは「of」で決まりだ。「TIMCOの情報」、これは欲し過ぎる。

さて、完璧な答えが出たので答え合わせなどいらないと言うか、どんな答えがでても「こっちの方が正解だ」という自信があるのだが、一応調べてみると「IoT」とは「Internet of Things」の略で、日本語にすると「モノのインターネット」だそうだ。

意味は「コンピュータなど通信機器のみならず、さまざまなモノに通信機能を持たせ、インターネットに接続したり、相互に通信したりすることにより、自動認識や自動制御などを行うこと」らしい。

意味を読んだ上で意味がわからないという緊急事態である。つまり、今までPCとか携帯とかプリンタとかIT機器に接続されてきたネットを、それ以外の「モノ」にもつなぐ技術ということらしい。まだピンとこないが、例えばドアなどにネットを繋げれば「今ドアが開きました」などの情報を遠方にいながら得られるというわけである。

確かにすごい技術かもしれない。しかし、「TIMCOの情報」に比べると心躍らな過ぎるのではと思ったが、なんとペットをネットに繋ぐことにより、ペットの動向が逐一わかるようにもなるらしい。これは素晴らしい技術である。

もし私が猫を飼ったとしたら、猫のことが心配すぎて、会社になんか行けるはずがない。よって、退職、無職、餓死である。つまり今までの「猫を飼う＝死」という常識が「ＩｏＴ」により解消されるというわけだ。

だが、その猫の情報が例えばスマホに配信されるとしたら、一日中スマホを見てしまい、会社をクビになってしまうような気がする。なので、直接脳みそを猫につなげてくれないだろうか。

「Brain to Cat」、「ＩｏＴ」より先に研究されるべき技術としてここに提唱したい。

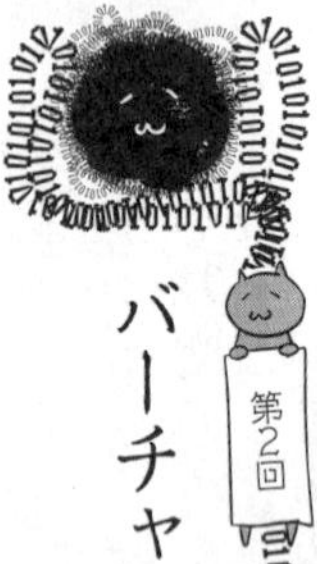

第2回

バーチャルとリアルとFX

VR

今話題らしいＩＴ用語を科学する知的コラム第2回、今回出されたお題は「ＶＲ」だ。

前回も思ったが、アルファベット数文字だけを投げつけるのはやめてほしい。どうせならFとUとC、あと私のイニシャルを出してきてくれないだろうか。それなら良く知っているし、今まさに担当に言おうとしていた言葉だ。

もはや趣旨が「言ってはいけない言葉をどうやって言うか」になってしまっているが、それはこのコラムに限らず、私が文章を書くにあたっての最大のテーマである。

しかしVを使って言ってはいけないことを言おうとすると、かなりシャレにならない単語が出てきそうになるため、ここは真面目に答えるが、VRはすでに聞いたことがある、「バーチャルリアリティ」だ。

ではそれは何か、と問われると「リアリティのあるバーチャルです」と真顔で答えるしかできない。もしくは「バーチャルFXで大儲けできたからリアルなFXに挑戦したら、ロスカットの上、追証」の略だろう、どちらかと言うと私は後者の話の方が好物である。

しかし、残念ながら「VR」はそのまんま「バーチャル（仮想）リアリティ（現実）」という意味らしい。つまり、人工的に作られた三次元仮想世界をリアルに体験できるのだ。もっと簡単に言えば、ゲームの世界に実際入りこんだかのような体験をしたり、3D化されたキャラクターとコミュニケーションをとったりすることができる技術というわけだ。

その昔、バーチャルボーイという3Dゲーム機がまさに彗星のごとく現れ消えて行ったが、あれは失敗ではなく、早すぎたのである。私もブスなのではなく、最先端すぎる顔という可能性があるので、早く世間の美意識が私に追いつけばいいと思う。

乙女ゲー愛好家・カレー沢氏が考える「VR乙女ゲー」の可能性

VR技術が、これからゲームなどのエンタメコンテンツにどんどん浸透していくであろうことは予想できる。例えば、アクションゲームの「モンスターハンター」のような仮想世界に自らが入り、本当にアイルー（猫に近い容姿のキャラクター）と戯れたり、アイルーと戯れたり、またはアイルーと戯れたりできるのなら、それは楽しい（モンスターとは特に戦いたくない）。

VRがアクションゲームやホラーゲームなどになじむのはわかるが、私の一番好きなジャンル「乙女ゲー」との相性はどうであろうか。むしろ乙女ゲーに使えないようであれば、「キャラを立体的にする暇があるなら声優に金をかけろ」と開発者に猛ビンタを食らわす構えである。

乙女ゲー、もっと広く言えば萌えの世界では、必ずしも「リアル」であることが重要視されるわけではない。例えば「まるで本物の人間の男と恋愛しているかのような体験ができるゲームを作りました」と言われたら、私は鈴木雅之の「違う、そうじゃない」を歌いながらリズミカルに相手を殴る。別に生身の人間の代わりとして、アニメやゲームのキャラを愛でているわけではないからだ。

他の例を挙げれば、アニメキャラの抱き枕とドライブやデートを楽しんでいるオタク界の高僧に、おせっかいな女が「かわいそうだから、今度私がデートしてあげるよ」などと言ったら、彼は「僕の彼女に失礼じゃありませんか？」と言いながら枕にキッスして見せるだろう。そういう世界なのだ。立体的なブスより平面の美少女が良いのである。

よって、萌えキャラを三次元にする場合、実写に近づけようとするのではなく、いかに二次元の良さを保ったまま三次元にするか、というある意味矛盾した技術が求められるのだ。

しかし、二次元では完璧だった造形が三次元になると違和感がでる、というのは良くあることだ。例えば大きなツインテールが魅力の美少女キャラを三次元にしたら、頭部に巨大な兵器をつけているかのようになってしまい、立体化された好きなキャラに会えて感動、というより、両手に青竜刀を持った悪漢と遭遇してしまったかのような戦慄を覚えてしまうこともあるだろう。そのため一概に二次元より三次元の方が優れているとは言えず、最初から「俺の嫁に奥行きはいらない」と思っている人も多い。

では、完璧に違和感なく三次元化されたキャラクターと恋愛できる乙女ゲーができたらどうか、と言われたら、それは乙女ゲーをどういう視点でプレイしているかによる。おそらく「ＶＲ乙女ゲー」が出たとしたら、プレイヤーはヒロインとして仮想世界に入り、そこに出てくる三次元イケメンキャラと恋愛するゲームになると思う。

だが、乙女ゲープレイヤーの中には、ヒロイン＝自分と考えず、「ヒロインとイケメンキャラの恋愛を見守る役」として楽しんでいる者も一定数いるのだ。そして私は断然こちら側の人間である。

そのような乙女ゲープレイヤーを満足させる「ＶＲ乙女ゲー」というのは、仮想世界に入り、壁のシミになるゲームなのである。もちろんシミに限定しなくても良いが、とにかくヒロインとイケメンの恋愛をベストポジションで見られる位置にある無機物になりたいのだ。プレイヤーは場面に合わせ、時には壁のシミ、時には路上に吐かれたゲロ、あるいは犬のクソになりながら、二人の恋愛を見守っていくのである。これが私の求める、最強のＶＲ乙女ゲーだ。

せっかく人間に生まれたのに、最新技術を用いてゲロやクソになるのもどうかと思うが、やはりニーズに応えてこその技術である。今後のＶＲの発展に大いに期待したい。

第3回

課金促進装置

FinTech（フィンテック）

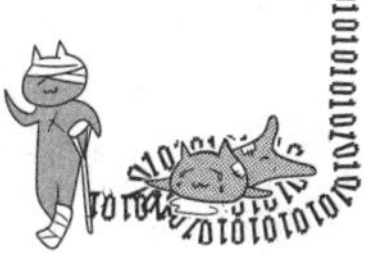

今流行りのＩＴ用語をサーチする、情弱必見コラム。今回のワードは「ＦｉｎＴｅｃｈ（フィンテック）」である。

まずフィンテックが何であるかの前に、「それ、本当に流行ってんのか」と聞きたい。全くもって初見のワードである。

意味はさっぱりわからないが、会話中に「そういえばフィンテックがさ」などと言い出す奴とはそもそも生活圏が違うということだけはわかるし、逆に私が「ニンニクマシマシ、アブラマシマシ、麺はフィンテックめで」などと言ったら、よくわからないけどムカつくという理由で前歯を折られる自信がある。

もっと簡単に言うと、「フィンテック」からは意識高めの匂いがプンプンするのだ。おそらく流行っていると言っても、六本木ヒルズ内で流行っている言葉なのだろう。つまり、意識が低い上に情弱、さらに「意識が高い人間は六本木にいる」という発想の私が理解するにはかなり厳しい言葉であるところまでは絞れてきた。

それでも一応推測してみるなら、フィンテックの「テック」はテクノロジーであると予想される。で、「フィン」は何かというとはっきり言ってフィンランドぐらいしか思いつかないし、フィンランドと言えばサウナぐらいのイメージしかない。

これらの推理を総合すると「フィンテック＝サウナ技術」となってしまうのだが、明らかに六本木ヒルズから遠ざかっていく音が聞こえるので、予想はここまでとしておく。

フィンテックの意味とは？

Ｇｏｏｇｌｅ先生の力を借りたところ、フィンテックの「テック」は予想通り「テクノロジー」、そして「フィン」とは「ファイナンス」の意であった。さすがに「ファイナンス」は耳にしたことがある。しかし「意味は？」と問われると「闇金が怪しさを緩和するため社名に使いがちなワードです」としか答えられない。

そこでまず「ファイナンス」の意味を調べる。ファイナンスとは日本語にすると「財源、資金、財政、金融」、つまるところ金である。金のことなら得意分野だ。ただし消費専門であり、稼ぐ方と貯める方は他の人に任せたい。

要するに、フィンテックというのは「ＩＴを使った金融技術」の総称のことである。もちろんそれは他人のＬＩＮＥを乗っ取って「Ｇｏｏｇｌｅ Ｐｌａｙカードを買うのを手伝ってください」と持ち掛ける技術のことではない。私はどちらかというとそっちの技術を高めたいのだが、残念ながら法に触れているという問題点がある。

では、そのフィンテックとやらが何の役に立っているかというと「とにかく金が払いやすくなる」のだ。スマホが出てくる前に登場した「おサイフケータイ」はフィンテックの走りであり、「Ｆａｃｅｂｏｏｋで送金」などもその一種だ。

まさに「２００円の買い物をするのに五十円玉４枚を出す、財布パンパンな俺たち」に朗報、と言った技術である。フィンテックが進めばもはや現金を持つことすらなくなり、レジで「あっ３円あります。（10秒経過）やっぱりありません」ということの世で最もダサい間を作り出すことなく決済ができ、六本木ヒルズに一歩近づくというわけだ。

クレカ番号という「お経」と課金衝動

しかし「金が払いやすくなる」のには、とても大きなデメリットがある。それは「金がなくなる」ことだ。払いやすければ払ってしまうし、払えば金がなくなる。実にシンプルだ。しかも、主に海外では、複数のクレカをスマホ一台で管理できるサービスもあるらしい。クレカというのは、今現在手元にはない未来の金まで使えてしまう魔法のカードなので、その利用を促し、限度額を数の力で引き上げるテクノロジーは危険としか言いようがない。

そもそも商売というのは、いかに相手が冷静になる前に金を出させるかの勝負だ。そもそも、全人類がいつも冷静で真顔だったら、衣食住にしか金を使わないため、経済が回らない。よって、商品（主に娯楽品、必需品ではないもの）は、まず人の冷静さを欠かせ、興奮させるものでなくてはならない。そしてそれが冷めるより早く、スムーズに金を出させるシステムが必要なのだ。

例えばネットサーフィンをしているとき、画面下に表示されるエロげな漫画のバナー。あれには辟易している人も多いと思うが、私は意外と衝動的に買ってしまうタイプだ。

ただし、ああいった衝動は嵐のように激しく起こるが、同時に冷めやすい。良さげなエロバナーを見て「今夜はアツくなりそうだ！」とクリックした次のページで「まずは会員登録してください」と表示された時点で読む前から賢者モードだし、「クレカ情報を登録してください」などもっての外だ。何しろ、クレカ番号だけで16桁もある。エロを一秒でも早く見たい人間にとって、あれは「経を唱えてください」と要求されているに等しい。そのため、私は何回もエロティック漫画の購入を断念しているのだが、逆に無駄遣いせずに済んだと言える。

それがフィンテックの発達により、エロバナーをクリックしただけで「お前が何者でもいいし、クレカすら持てない不安定な自由業でも構わん。料金は自動的に携帯代に加算される」とばかりに一瞬で買えてしまったら、完全に破産である。

だが、すでにこの「携帯代に加算」システムはかなり定着してきており、ソシャゲの課金はクレカ番号など入れなくても携帯代に自動加算される。一瞬で課金でき、全く人に冷静になる間を与えない。冷静さを欠きがちな人間はかなりまずいことになると思う。

かく言う私もソシャゲにはかなり課金してしまっているが、それでもまだ破産に至らず済んでいるのは「そもそもクレカに拘らず後払いが好きでない」という理由がある。携帯代に加算されるのも、結局は後払いだ。

これは上の世代に行くほど顕著であり、私の親などはクレカすら持っていない。そういう人間はまず、Ｇｏｏｇｌｅ Ｐｌａｙカードなどを現金で買い、課金するのだが、もちろん買いに行く間に冷静になることもある。

よって、現金を使わない方向でフィンテックを進化させるのも良いが、逆の発想で、スマホに直接現金をねじ込めるシステムを開発してはどうか。日本は高齢化社会であるから、そのぐらいわかりやすい方が、ソシャゲ課金やネットショッピングなどでより効率よく集金できるのではないかと思うし、少なくとも私は破産する自信がある。

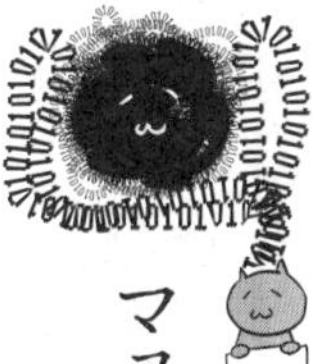

第４回 マヌルネコ VS. マルウェア

どっかで聞いたことはある気がするけど、意味を聞かれると「アレでナニだよ」と陰部の話をしているみたいになってしまうＩＴワードをサーチする学習コラム、今回のお題は「マルウェア」である。

その言葉を聞いてまず最初に「マヌルネコ」が思い浮かんだ。全くかすってもいない。

しかし、予想したところで当たらないし、意味を調べたところで意味がわからない。そもそも、新しい言葉を覚えたてのタラちゃんみたいな意識高い系が、その言葉を使いたいというよりは、それを言って相手が怪訝な顔をしたところで「知らないんだ？」とドヤ顔ダブルピースをかますためだけに存在しているような単語を立て続けに調べさせられて、開始４回にして私の怒りは頂点に達している。

そんなしゃらくさい単語をＧｏｏｇｌｅの検索窓にブチ込んでいる時間があるな

ら、おキャット様のさらなるご活躍と幸福を祈りたい。そんな私の怒りが、マルウェアなる呪いの言葉をマヌルネコという福音に変えたのだ。

なので、まず皆様も「マヌルネコ」を画像検索してほしい。「マルウェア」を検索窓に入れる際は、ウンコのついたパンツをゴミ箱にボッシュートするぐらいぞんざいでいいが、マヌルネコを調べる際は、絹を扱うように慎重に入力し、眠る赤ん坊の頬を撫でるかのように優しくエンターキーを押そう。

出てきた画像を見ただけで、100人中5兆人がマルウェアのことなどどうでも良くなったと思う。なんと神々しいお姿であろうか、まさにおキャット様の名にふさわしい。また神格があるのは見た目だけではない、1500万年前からいる世界最古の猫なのだ。まさに現猫神である。

それに比べればマルウェアなど、どう考えても、3日前ぐらいに出来た言葉だ。たまたま撮ったおもしろ写真や、何か深い事を言ってそうで何も言ってないつぶやきがツイッター上でたまたまバズッただけで、アルファツイッタラー気取りになっている奴ぐらいポッと出だ。それにツイッター上で最もRTされているのは、おそらくおキャット様画像であろう。

この時点でマルウェアに勝ち目はない。1500万年前から勝ち目がないし、8000万年経ったころからもっと勝ち目がなくなるだろう。

マルウェアがもたらした「思い出」

このように、「マルウェア」vs.「マヌルネコ」の戦いは完全にマヌルネコの圧勝であることがおわかりいただけたと思う。しかしそう言う私が一体何と戦っているのかわからなくなってきた上に、もう尺を半分ぐらい使ってしまったので、そろそろ嫌でもマルウェアの話をしなければならない。そこで、ウンコのついたパンツを裏返して、もう一日戦わせなければいけなくなった時ぐらい苦々しい気持ちで、マルウェアを検索してみた。

ここで、マルウェアは新種の猫で、画面いっぱいにおキャット様の画像が現れたというのなら、私は初めて心から担当に謝罪と感謝を言わなければいけないのだが、幸い、やっぱりITワードだった。おかげで、担当に謝罪と感謝を伝えるという、電気椅子よりも辛い拷問を受けずに済んだ。

マルウェアとは、不正かつ有害な動作を行う意図で作成された悪意のあるソフトウェアや悪質なコードの総称だ。つまりウィルスやワーム、トロイの木馬、スパイウェアなどをまとめてそう言うらしい。

らしい、とは言ったが、まずウィルスや、ワーム、スパイウェアが何なのかを、正確に理解していない。このままでは、その単語をまたググり、またそこで出てきた意味のわからない単語をググるという無限ループに突入してしまう。マルウェアは想像以上の地獄ワードだったのだ。

無限ループに取られる時間がもったいないので簡単に言うと、マルウェアとは、パソコンや私に有害なもの、と言うわけである。しかし、そもそもウィルスなどのマルウェアを作る人間は、何が目的なのだろうか。個人的な予想として、マルウェアを作る者は、忘れ得ぬ思い出を人々に与えたくて作っているのかもしれないと思う。

というのはその昔、私が勤めていた会社のおっさん社員が、会社のPCでエロ的サイトを見ていたところそういったマルウェア的なものにかかってしまったらしく、ニッチもサッチもいかなくなり、エロティックな画面が表示されたまま女性社員に助けを求めるという、ぜひハリウッドで映画化してほしい事件があったためだ。

だが、調べたところ、もちろんそういう愉快犯的な者もいるが、最近ではネットバンキングの情報を抜き取るなど、いわゆる金儲けやビジネスのために作る者の方が多いらしい。ロマンのない話だ。

マルウェア、やはり見た瞬間感じた憎悪は間違いではなく、その意味も実にネガティブな物であった。しかし、マルウェアの語源については、評価に値するというか、意外と私好みなものであった。マルウェアとは「マリシャス（悪意のある）」と「ソフトウェア」を組み合わせて作られた言葉なのである。

「悪意のある」、とてもいい言葉だ。たまに「私、口は悪いけど悪気はないんだよね」などと抜かす自称毒舌サバサバ系がいるが、言われた側からすると、貴様の感情など関係ない。バールのようなもので殴っておいて「悪気はなかった」と言われても納得できないのと同じだ。

その点、マルウェアは「悪意のあるソフトウェア」である。潔い。最初から殺すつもりで来ました、という感じが実に清々しい。仮にこれが「悪気はないけど、お前の描きかけの原稿を謎の拡張子に変えて開けなくするソフト」という意味だったら、そっちの方が許せない。

何かを攻撃する時は、悪気と殺意のみで行け、言い訳はするな。マルウェアの意味自体を理解できたとは言い難いが、その心意気だけは受け取った。

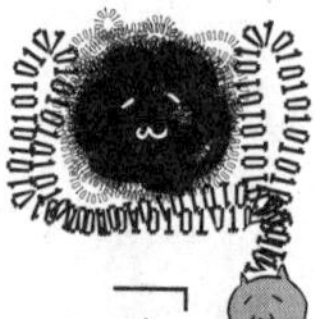

第5回 「人間使えねえ」人工知能

今回のテーマは「人工知能」である。

「ＡＩ」と言ってこなかった時点でもう完全になめられているのだが、「じんこうちのう」と言ってこなかったところを見ると、まだ漢字は読めると思われているようだ。

もし「ＡＩ」がテーマだと言ってきたならば、「Ａ（担当を）Ｉ（殺す）」という、本企画始まって以来の正解を出せたのに残念で仕方がない。今世にはびこるキラキラネームに比べれば、この程度の自由な読み方は許されてしかるべきである。

もし人工知能とカレー沢薫が囲碁をしたら？

「人工知能」、もはやこれがわからなければ、何もわからないだろうという気がする。その名の通り人工的に作られた知能、従来の機械とは違い、学習したり自分で考えたりできるもののことだろう。

しかし、その人工知能が何をやっているかと言うと、「チェス王者とチェスをして勝った」とか、「プロ棋士と囲碁をして、この前は負けたが今回は勝った」とかいう話ぐらいしか聞かない。もし「チェスや囲碁をするのが人工知能の仕事」と言われたら「貴族かよ」としか言えないし、実際それがメインの目的というわけではないだろう。

よって、人工知能が具体的にどこで活躍しているかググりにググってみたのだが、いまいち明確な情報を得られないし、最近は主に囲碁をやっているようなので、やはり人工知能というのは、親がメチャクチャ金持ちで働く必要がない奴みたいなものなのかもしれない。

段々ムカついてきたので、初心に返り改めてウィキペディアで人工知能について調べてみた。だが、そこに書いてあることは今までで一番意味がわからなかった。

もう理解しようとするのはやめて、私も人工知能と囲碁で白黒つけたい。知能的には圧倒的に向こうが勝っているのと、私が囲碁のルールを知らないというハンデがあるため、先手必勝狙いで、開始と同時に人工知能の基板を碁盤で破壊しにいこうと思う。やはりわかりあいたいなら、碁石などよりも拳を交えるのが一番である。

人工知能は人間を支配するか

ここまでググった範囲の情報で推測するなら、人工知能はまだ研究段階であり、その過程として囲碁をやったりしているのだと思う。それが囲碁の名人に勝ったりしているのだから、その研究はかなり進んでいると言えよう。

そして、最終的に人工知能に何をさせたいかというと、今我々人間がやっているような仕事である。確かに、人間と同じ、またはそれ以上に学習、思考が出来るようになれば可能だろう。それに同じ仕事でも、人間にやらせると休ませろとか給料を上げろとか文句を言ったり、内輪揉めをはじめたり、ちょっと目を離した隙に上司と不倫したりしてしまうが、人工知能ならおそらくそんなことはしないはずだ。だったら、人工知能にやらせた方が断然効率がいい。

しかし、「人間と同じように思考行動できる」と言っても、全く人間と同じ物を作りだしては意味がない。それだったら、人間を作る方が簡単だ。人工知能はよほど頭の良い人間にしか作れないと思うが、人間を作るだけなら、むしろ知識や判断力、冷静さがない方が作れてしまう場合もある。ここで人間の作り方を詳細に書くと、またしても一文も載せられなくなるので割愛するが、とにかく人工知能の目指すところは人間以上の働きなのである。

しかし、人工知能が人間より優れてしまったらまずいんじゃないのか、という危惧もされているらしい。確かに、人間を越えた人工知能が人間を支配しようとする、というSF映画はよく見る。そこまで非現実的でなくても、人工知能が人間を越えることにより問題が起きる、という指摘はされているようだ。

しかし、人工知能が人間を越え、万が一自我を持ってしまったとしても「人間を滅ぼして俺たちAIが地球を支配してやるぜ」と思うかは疑問である。何故なら「世界征服」という考え自体が「THE 人間の発想」というか、人間の中でもかなりバカ野郎側の奴が考えることなので、せっかく人間を越えた人工知能様がそんな面倒くさいことをやるとも思えない。

なので、我々人間は滅ぼされるのではなく、AIに支配され使われる側になってしまうのかもしれない。だが、多分AIは働く人間を見て「俺がやった方が早い」と物覚えの悪いバイトの新人を見ているような気分になるだろうし、ちょっと目を離すと出張と偽って愛人と温泉に行ったりするので、早々に「人間使えねえ」という結論に達すると思う。頭が良いんだからすぐ気づくはずだし、気づかないようなら人工知能もたかが知れている。結局のところ人間が滅亡するような気もするが、それはSF映画のようなドラマチックなものではなく、おおむね自滅と言えるだろう。

ちなみに、話を現実の人工知能の方に戻すと、我が国が誇る棋士・羽生名人と人工知能との将棋対決がついに行われるのではないか、という噂があるようだ。平素は将棋に興味がない私でも、これは気になる戦いである。映画、特にＳＦものにおいて、邦画は洋画に大きく水をあけられている感があるので、この戦いを映画化すればよいのではないかと思う。

「羽生名人vs.人工知能」、この字面だけでもかなりアツいし、ポスターも「エイリアンvs.プレデター」調に作ればより迫力がでる。もちろん、ただ将棋を指すだけでは画的に地味なので、最新ＶＦＸを用いて、一手指すごとに火柱が上がるとか、バックが宇宙になるなどの演出も必要だ。

また、将棋勝負だったはずが、いつの間にか相手の「歩」が散弾銃のように羽生名人に襲い掛かり、それを名人が巨大化&硬化させた「桂馬」で防ぐという、最近ヒットした劇場版アニメ「キンプリ（KING OF PRISM by PrettyRhythm）」のような大胆な表現も取り入れたい。そして、最終的に名人が将棋盤でＡＩの基板をぶっ壊して「王手」である。

実際、人工知能が人間を越えてしまう日も来てしまうのだろうが、まだまだこのように人間も頑張って欲しいと思う次第だ。

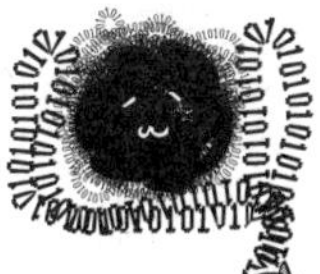

第6回

また仕事から逃げる理由が減った　クラウド

今回のテーマは「クラウド」だ。クラウドとは、ファイナルファンタジーⅦの主人公のことである。

これを、単なる冒頭の小ボケと思ったら大間違いだ。私にとってクラウドと言ったらこのクラウドしかいない。もし他にも存在すると言われたら、全員抹殺するぐらいの気持ちで言っている。覚悟が違うのだ。

ファイナルファンタジーⅦ（以下ＦＦⅦ）、歴代ＦＦシリーズのみならず、ＲＰＧジャンルにおいて、ひいては当時のゲーム業界にも革命を起こしたといえる作品であ

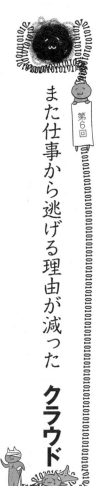

ろう。前作までシリーズ通して幻想的な作風のキャラクターデザインを手がけた天野喜孝氏をイメージイラスト担当として続投させつつも、よりポップな絵柄の野村哲也氏をキャラクターデザインに起用。世界観も従来のファンタジー色の強いものから現代的なものへと変化した。一言で言うとスタイリッシュになった。

そして、このＦＦⅦをプレイした時、私はリアル中2であった。こんなのイカれてしまわないわけがない。クラウドとは、そんなＦＦⅦの主人公である。他には存在しない（俺が闇に葬ったから）。

クラウドはいわゆる「ヤレヤレ系主人公」だ。クールで何事にも無関心、ヤレヤレと言いながら色んなことに巻き込まれていき、女にモテて、ついでに世界も救ったりする。三十を過ぎると、こういうグチャグチャ言っている二十歳前後の男よりも、50ゴールドと「どうのつるぎ」だけ渡されて世界を救いに行くドラクエの勇者の方が超クールに思える。だが、やはり中2の時は、これがカッコよかったのだ。

クラウドは当時他の女子ゲーマーにも大そう人気を博したキャラで、彼を題材とした同人誌を発行するのに、森一つ消滅したのではないかと言われている。しかしここで勘違いしてもらっては困るのが、私がＦＦⅦで一番好きなのはクラウドではなくシドだということである。

このように「クラウド」と聞いて「オウフ！　懐かしいですなあ！　拙者の青春そ

のものでござるよｗｗｗ」と、嬉々としてＦＦⅦの話をしようとしている30代のオタクに、「いやそのクラウドじゃなくて」と片手でｉＰｈｏｎｅをいじりながら冷や水をぶっかけるなど、もはや人間のすることではない。つまり担当は人間ではない。

ＦＦじゃないクラウドの話

結論が出たところで「じゃない方」のクラウドの話をするが、クラウドとは「クラウドコンピューティング」の略で、簡単に言うと、データを自分のパソコンなどではなくＷｅｂ上などに保存する方法やサービスのことを指すらしい。

一番わかりやすいのはＧｍａｉｌなどのＷｅｂメールだろう。インストールが必要なメールソフトではなく、Ｗｅｂ上にあるメールなので、ネット環境さえあれば、自分のパソコンからでなくても、メールの送受信が可能だ。

また、Ｗｅｂ上に保存されたデータを、他の人間と共有することができる。クラウドストレージといって、有名なところだとＤｒｏｐｂｏｘとか、いろいろあるらしい。私が漫画の制作に使っているソフト「ＣＬＩＰ　ＳＴＵＤＩＯ（通称：クリスタ）」にも、素材や漫画のデータをクラウドに保存する機能がついたという。

従来なら、出先で自宅のパソコンにあるデータが必要になってもどうにもならなかったが、クラウドの登場により、外出先でもネット環境さえあればWeb上にあるデータを取りだし、作業することができる。つまり、いつどこでも仕事ができるというわけである。

全く嬉しくない話だ。こちとら、いついかなる時も仕事をしたくないのである。環境が整ったというより、外堀を埋められたに近い。つまり、クラウドの普及により、また俺たちが仕事から逃げる理由が一つ減ったというわけである。クラウドを使うのが普通になったら「出先だから無理です」が通じなくなってしまうので、「拘留中です」「今あの世です」等、言い訳がさらに苦しくなってしまう。

これは「携帯電話が普及したことにより、いつどこでも連絡がつくようになってしまった」ことに近いが、携帯の場合は折ってはいけない方に二つ折りしてしまえば全て解決するし、スマホだって爆破すれば同じだ。

しかし、クラウドコンピューティングの場合、データが保存されているのは自分のパソコンではないため、パソコンを爆破しても何の解決にもならない。逆に言えば、自分のパソコンがダメになってもデータに影響がないとも言えるが、爆破で解決できないというデメリットに比べれば小さなメリットな気がする。

漫画家にも作業場の外でネームなどをする人はいるが、本格的にデジタル作画をしようとしたら、クリスタなどの漫画制作ソフトが入ったパソコンが必要になる。しかし、もしＧｍａｉｌのようにインストール不用のＷｅｂ上で使える漫画制作アプリケーションが開発されたなら、逃げた漫画家を取り押さえ、手近なネットカフェに監禁。その場で原稿を描かせ、データを共有フォルダに保存すれば、編集部が即、原稿データを受け取ることができるというわけである。

「いつどこでもできる」というのはあたかも利点のようだが、ある意味「退路を断つ」と同じことである。「どう頑張っても今は無理」という状況に救われることだってあるのだ。

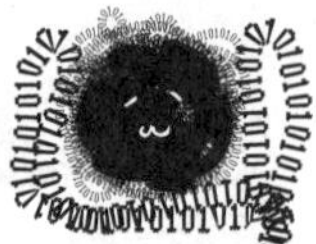

第7回

直接的に凶悪　ランサムウェア

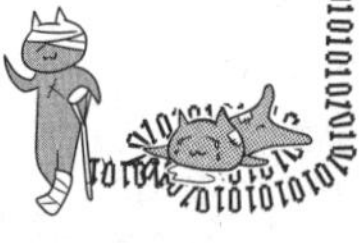

今回のテーマは「ランサムウェア」である。

お題のリストにはこれより先に「オープンソース」というのがあったのだが、ウィキペディアの解説ページを見ただけで嘔吐したので、ソースの代わりに担当のドタマをオープンしてから次のお題に行くことにした。

ランサムウェア、またしても「ウェア系」だ。もう「ウェエエーア！」と雄叫びを上げながら、気の合う仲間の幻覚とキャンピングカーで海にでも行きたい気持ちでいっぱいだ。しかし、こいつが前に触れた「マルウェア」の仲間だとしたら、再びマヌルネコ神の話をするビッグチャンスの到来である。

だが前回、ついに「全く関係ない話は半分までにしろ」という通達がきた。そうは言うが、ランサムウェアとマヌルネコだったら、ランサムウェアの方が絶対に私の人生には関係ない。だから、要請を完全に無視して以下延々とマヌルおキャット様の話

をしても良いのだが、そういった私の抵抗（聖戦）に対して、担当は「普通に関係ない文章を削る」というジェノサイド（虐殺）をしてくるので、今回そういうことをされると本稿が3行ぐらいになってしまう。

ランサムウェアに対抗するための「自信」

それに、マルウェアだって悪い言葉じゃないと前のコラムの時にわかった。何せ訳すと「悪意のあるソフトウェア」だ、相当カッコいい。ランサムウェアがそいつの仲間だと言うなら、「漆黒の闇より現れし災厄ソフトウェア」くらいの意味はあるだろう。

実際、ランサムウェアとはマルウェアの一種であり、「ランサム」とは「身代金」という意味である。「漆黒の闇より現れし災厄」どころの話ではない。そんなフワッとしたものではなく、もっと直接的に凶悪であった。

そして文字通り、ランサムウェアは感染者に身代金を要求する。この場合人質になるのは、パソコンのデータなどである。つまり、ランサムウェアは感染者のデータを暗号化して使用できなくし、「暗号化を解いてほしければ金を出せ」と言ってくるわけだ。本当に悪意しかなくて面白い。マルウェアを作る者の目的は様々で、最近は金儲け目当てのものが多いようだが、ランサムウェアには金以外目的がない。「金目当ての悪意」、最高である。

ネット上にはそういった「金目当ての悪意」が多数存在し、だから今日も「件名：2000万円当選」みたいなスパムメールがどこからともなく届いたりする。私からすると2兆円未満ははした金なので見向きもしないのだが、実際にランサムウェアでデータを人質に取られてしまったら、やはり金を払ってしまうような気がする。

もし完成間近かつ締め切り間際の原稿データを人質に取られたら、私だけでなく多くの作家が身代金を払ってしまうのではないかと思う。逆に、締め切りは目前だが全く手を付けていないデータを人質にされたら、「ランサムウェアにやられた」という大義名分の下、休載するだろう。

中には、「自分のパソコンにはゴミしか入ってないので、人質に取られて困るようなデータはない」という方もいるかもしれないが、ランサムウェアの手口はそれだけではない。ロックスクリーンと呼ばれる、文字通り画面をロックして、金を払うまでパソコンを使えなくしてしまうものもあるのだ。

「自分のパソコンにはクソしか入ってないし、ロックされたらそのままデカすぎる文鎮にでもする」という方もいるかもしれないが（逆にそういう方は何故パソコンを買ったのだろう）、このランサムウェアの巧みなところは、画面のロックやデータの暗号化に加えて、「貴様のPCに児童ポルノや動物性愛画像のデータを発見したので罰金を払え」という、警察を偽った警告文を出してくるものまであるのだ。これは巧みである。

おそらくネットをやる95%ぐらいの人が何らかのエロ、もしくはアンダーグラウンド的な物をネットで見たことがあると思う。残りの5%は、キャベツ畑から生まれたこのコラムの読者だ。

よって、そういうことを言われると、ほぼ確実に何かしら心当たりがあるものだ。児童ポルノを所持した覚えはなくても、「このままえオバサンが体操服を着ているポルノを見たが、あれが本当は小学生だったとか……?」と勘ぐって、冷静さを失い入金してしまったりするのだ。

児童ポルノは犯罪であるから、それで捕まりでもすれば法的にも社会的にも死は免れないが、たとえ法に触れていなくても、やはり人間は性的なことで脅されると弱いのである。

この悪意に対し我々がどう対抗していったらよいかと言うと、まず感染しないようにウィルス対策ソフトをきちんと入れること。そして、児童ポルノはもちろんだが、違法そうなものにはアクセスしないようにすることだろう。

さらに言えば、エロやアングラも一切見なければ脅されてもビクともしないと思う

が、ネットにつながっているパソコンを持ちながらエロを見ず、仕事のみに使うというのは、歯ブラシで歯を磨かず、ずっと風呂のタイルの黒ずみをこすっているに等しい。使い方として間違っているとは言えないが、正規の使い方ではない。

だったらもう「ネットでエロを見ている自分」に自信を持つしかない。脅されたからといってビビった挙げ句即入金してしまうのは、自分が悪いことをしているという意識があるからに他ならない。自信さえあれば、「確かに自分は先日、熟女二人が半裸で泥レスをしている動画を小一時間ほど見たが、あれが法に触れているとは考えにくい。つまり、これはランサムウェアというやつでは？」と、冷静な判断ができるはずだ。

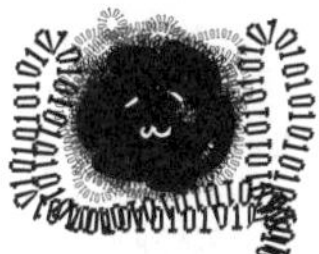

第8回

データもはさみも使いよう　ビッグデータ

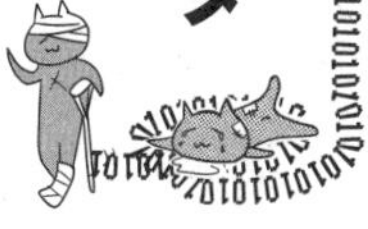

今回のテーマは「ビッグデータ」である。

言葉の構造としては「デカいハンバーグ」くらいシンプルであるが、こういう単純なワードほど小難しかったりするのだ。

このＩＴ用語の連載を始めてわかったのは、「ウィキペディアは優しくない」ということだ。思えば私の作品は「全てウィキペディアの知識で書かれている」という「ツイッターに流れてくる情報のみで構成された広辞苑」ぐらい信憑性のあるものだったし、私もウィキペディアには絶対の信頼を寄せていた。しかし、これまで何ら問題なく使えていたのは、そもそも大して難しいワードを調べることがなかったからだ。

あいつには手心がなさすぎる。調べている人間の顔がどんなにアホ面でも、手加減をすることはない。横綱がわんぱく相撲の小学生力士相手に本気の上手投げをかましたり、Jリーガーが少年サッカーチーム相手に100－0の試合をして、アディショナルタイムにもきっちり10点入れたりするぐらいのことをしてくる。つまり、バカにわからないことをバカにわからないまま書いてある。嚙み砕くということをしないのだ。

要するに、この連載が始まったことで、これまでよろしくやっていたウィキペディアから1週間に1回、上手投げされることになったのである。どんなに鈍い奴でも週1で地面に叩きつけられていたら、「こいつはもしかしたら友達じゃないのかもしれない」と気づく。この連載さえなければ一生ウィキペディアのことを「ウィキさん」と呼べたのに、今では「ペディア野郎」である。

この件に関しては近々訴訟を起こすつもりなので続きは法廷で語るとして、話はビッグデータに戻る。直訳すれば「デカいデータ」だ。

データもはさみも使いよう

私と同年代かそれ以上の人なら、嬉々としてエロコンテンツをダウソロードしようとしたが、それが重すぎる上PCのスペックもクソ過ぎで、遅々としてダウンロードが進まない上に78%ぐらいで固まった、みたいな経験はあると思うが、今回はそっちのデータではなく、参照するためのデータである。

総務省はビッグデータのことを「事業に役立つ知見を導出するためのデータ」と説明している。つまり、金儲けのヒントが得られるデータのことであり、どれだけビッグでも利益に繋がらなければビッグデータとは言えないようだ。ただ、100人のデータよりは1000人、さらには1兆人など、ビッグな方がより信憑性が高まり、使えるという考えである。

しかしいくらビッグでも、少女漫画誌を立ち上げるのに、新橋にいるサラリーマン1000人を対象にデータをとっても意味がない。対象を女子小学生にし、また何年生かで分ける等のビッグかつ解像度の高いデータが求められるのである。

別の例で言えば、くノ一喫茶に来ている男に「くノ一は好きか」と聞いたら、大体の男は好きと答えるだろうが、そこから「今くノ一がキている」とは判断できない。しかし、「くノ一喫茶に来ている5万人の男に聞いた」というなら、その膨大な数を根拠として「キてる」と言えるだろう。

漫画家はビッグデータで「売れる」ようになるか

では我々作家も、ビッグデータを用いれば売れる作品が描けるのであろうか。確かに売れ筋を読むのは必要だし、旬ジャンルの漫画を描けば売れる確率はあがるだろう。しかし、ただ流行りに乗っただけでは「妖怪は見飽きた」「またアヘ顔グルメ漫画かよ」と言われることもある。流行を読むだけではなく、流行の中でもまだやってないことを見つけなければならない。

また、誰にウケたいのかも重要である。利益を追求したいなら、漫画以外でもとにかく女性にウケろと言われている。「女性に人気」と「おっさんに人気」では落ちる金が違うのだという。だが、女性ウケを狙えと言っても、女だって色々いる、オタクもいれば非オタクもいるし、オタク女向けであっても、腐女子向けと夢女子向けでは全く狙うところが変わってくるだろう。

先日、「最初は男２人女１人でプレイボールして、その後、男２人が延長戦を始める」というドラマＣＤがあると聞いた。おそらく「腐女子と夢女子、両方に売れる物」を作ったつもりなのだろうが、そんなのにオレの守護神「マサユキ・スズキ」が黙っているわけがなく、すぐに「チガウ・ソウジャナイ」が発動した。

これは、「今、若い女子にボルシチとパンケーキが人気」というデータを得て「じゃあパンケーキとボルシチをミキサーに入れて回そう」という結論を出したのと同じである。いくらビッグデータを得ても、それを見る者に分析力がなければ意味がない。

では、ビッグかつ解像度の高いデータを分析力抜群の担当が読み、完璧な「売れる漫画」のプロットを作ったとしたら売れるのだろうか。確かに売れるかもしれないが、ここで「作家が言う事を聞かない」という最大の問題が出てくるのである。

大手出版社勤務の、おそらく東大とか出ているだろう編集者に「この通りに描けば売れますよ」と言われたら、誰でも脊髄反射で「俺は売れなくても、自分の描きたいものを描く」と思春期みたいなことを言いたくなるだろう。

もちろん編集のアドバイスをきちんと聞く作家は大勢いるが、すべてを編集の言う通りに描く作家というのは、よほど素直か、漫画を完全にビジネスと捉えているか、自分で考えたものがことごとく売れなかった作家ぐらいだ。

ビッグデータに
「戦車を描けば
当たる」と
言われても
描けないのだ

だったら、私は「ことごとく売れなかった作家」なのでそろそろ編集の言う事を全て素直に聞きいれてもいい頃だとは思うのだが、そもそも「この通りに描いてください」と言われたことがない。

それは、「この通りに描けば売れる漫画」の話は「その通りに描ける作家」の所に行くからである。描く技術がない奴のところには来ないのだ。

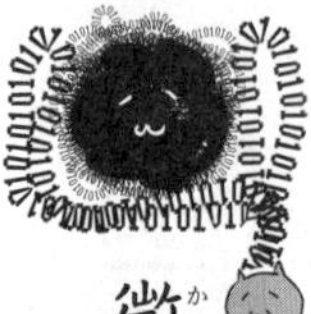

第9回

微《かす》かすぎる生命力

SaaS

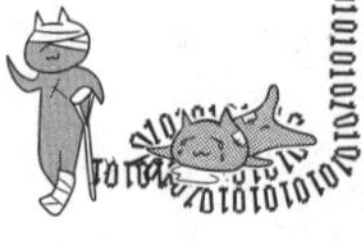

今回のテーマは「ＳａａＳ」である。
そのまま読むと「サァァス……」であろうか、一瞬で砂になりそうな、生命力が微塵も感じられない言葉だ。瀕死である。
しかし、同じ文字に何かが挟まれているというのは「嬲《なぶ》る」と同じ構図なので、もしかしたら刺激的な意味の言葉ではないかと期待が高まる。ちなみに、「嬲る」は「嫐る」と書いても正解らしいので、意味は暴力的だが、男女どちらが攻め手でも対応できるフレキシブルな言葉なのだ。それに、「アス」が入っているということは、尻の穴の話をする好機到来でもある。
しかし、当コラム、どう考えても使える言葉がどんどん減っており、最近ではエロと書くのもはばかられ、セクシーなどという、開封1ヵ月経ったコーラのごとき気の抜けた言葉を使っている始末だ。

よってそういう話をしたいなら、尻の穴などという下品な言葉は使わず「肛門」と言わなければいけない。もしこれがダメなら、「先週肛門科に行った」という話はどう語れば良いのか。実際肛門科に行くことがあったとしても、それをここに書くかどうかは置いておいて、ともかく肛門と書くこと自体は問題ないはずである。

では、存分に期待が高まったところで「ＳａａＳ」の意味をさっそく調べてみよう。

あらゆるデータをここではない、どこかへ

ＳａａＳ（Software as a Service）：ソフトウェアを通信ネットワークなどを通じて提供し、利用者が必要なものを必要なときに呼び出して使うような利用形態のこと（出典：ＩＴ用語辞典 e-Words）。

「鰯る」も「肛門」も一体どこに行ってしまったのだろう、という結果である。現実と担当はいつも厳しい。

つまりＳａａＳとは、ソフトウェアを従来のように自分のＰＣにインストールして使用するのではなく、ネット上の、ソフトウェアにアクセスし、使うということらしい。ゲームで言うなら、ソフトをパッケージ購入してプレイするタイプではなく、ネ

ット上にあるゲームにアクセスしてプレイするオンラインゲームのような仕組みである。

メリットとしては、使いたい機能を使いたい時だけ使えるため、短期で使うならパッケージを買うより割安で、またバージョンアップなどの手間もいらない。デメリットは、長期で使うとしたらパッケージを買った方が安く、またソシャゲがシステム不具合時にはゲームができないのと同じように、ネットワーク障害時にはそのアプリは使えないし、ソシャゲと違って多分詫び石も貰えない、という点がある。

このような仕組みについては「クラウド」がテーマの時に、ＦＦⅦの主人公のことを語るついでに似たような話を書いた記憶がある。

つまり今の世の中、自分のＰＣにソフトをインストールしたり、データを保存したりするのは、ダサい。「俺はこのデータを保存する、ここではない、どこかへ！」というのが時流なのだろう。

私などは完全にダサいので、未だにソフトもデータも全部自分のＰＣに入れている。そのため、もしも原稿を書いている最中に突如ＰＣが爆発したら、データは全て消失する。おそらく私も一緒に爆死であろうから、もう原稿とか関係ない気もするが、とにかく全てが「完」だ。もしそうなったらどうするのか、と問われると「その時考える」としか言えず、まったく危機管理がなっていない有様である。

ＳａａＳが救うかもしれない「オタクの死に支度」

だがこの「ＳａａＳ」、ビジネス面だけではなく、一オタクとして興味深い仕組みだと思う。

財産のある人が、自分の死後、遺族が遺産の取り分で揉めないよう、元気な内に遺書を残すように、オタクも常に死に支度をしておかなければいけない。だがそれは残念ながら財産があるからではなく、死後親族に見られてはマズいものをしこたま所有しているからである。

たまに、急逝してしまったオタクの部屋からR指定の美少女ゲームや漫画がわんさか出てきて、ご両親がどう処分していいものか悩んでいるという、全く笑えない話題が耳に入ることがある。だがこんな悲劇も、「ここではないどこか方式」でそれらを管理していれば起こらないはずである。

ゲームも漫画（電子書籍）も、ダウンロード形式ではなく、ネット上にあるそれにアクセスしてプレイしたり読んだりする形であれば、ゲームのパッケージや本など形あるものはもちろん、自分のＰＣにすら何もデータが残らない。

遺族も故人のＰＣぐらいは見るだろうが、他所に保存されているデータまで見る確率はかなり低いと思う。フィギュアや抱き枕とか、実体のある物はどうすんだと思うかもしれないが、それは「故人の嫁」であるから、ご両親は「娘」ないし「息子」と思って今後も大切にすれば良いと思う。

もちろん、データじゃなくてパッケージや書籍という形で欲しい、と言い出すのがオタクのオタクたる所以でもあるが、今後「見られたくないデータは、自分のPC上ではなく、他所に保存」というのは十分スタンダードになり得る。あとは、所有者の心臓が止まったと同時にデータが消える仕組みを作れば、一獲千金ワンチャンある話である。

黒歴史は若者の専売特許ではない

これで後世に恥が残る危険性がかなり減ったかのように思われるが、それでもどうにもならないのが「黒歴史」である。最初からこれは見られてはまずいものだという認識があればいいが、黒歴史とは、作っている時点ではそれが黒歴史になると気づいてないため、むしろ嬉々として人に見せようとするのだ。

昔だったら、ノートに描いた漫画やポエムを友人に見せたりして、黒歴史となった後もそれを記したノートが親に発見されるぐらいで済んでいた。だが、今はネットがあるため、たやすく未来の黒歴史をワールドワイドウェブに発信できてしまうのである。

よく中年のオタクが「中学生のころネットがなくて本当に良かった」と、さも命拾いしたかのようにつぶやいているが、何度も言う通り、黒歴史というのは作っている時は気づかない。そのため、今現在自分がｐｉｘｉｖに投稿している絵や小説が、10年後黒歴史になる可能性は大いにあるのだ。そして前述のように急逝したら、ネット上にそれが半永久的に残るのである。

真に必要とされるのは、所有者の心臓が止まったと同時に、データはもちろん、すべてのＷｅｂサイト、ブログ、ＳＮＳのアカウントが抹消されるシステムだ。これで一攫千金、2兆円間違いなしである。

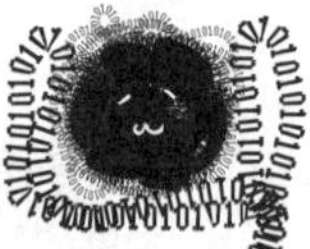

第10回 在宅ブラック企業？ テレワーク

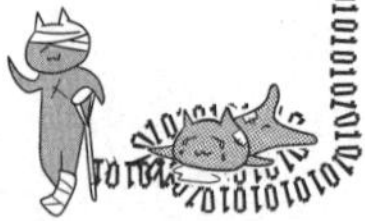

今回のテーマは「テレワーク」である。

最新のＩＴワードであるはずなのに、なぜか昭和の臭いを感じてしまうのは、まず頭に「テレクラ」が思い浮かぶからだと思う。では、これが新たな紳士淑女の社交場かというと、全くそんなことはない。むしろ、「テレ」の大先輩であるテレクラパイセンに対する敬意が全く感じられない意味であった。

テレワーク：情報通信技術（ＩＣＴ）を活用し、時間や場所にとらわれず、柔軟に働くことができる勤務形態（日本テレワーク協会Ｗｅｂページより）。

テレワークとノマドの違い

時間を問わずどこでも仕事ができる形態ということだが、お前ら、そんなにエブリデイエブリタイム仕事がしたいのかと驚愕した。こんなものを国を挙げて推進しているなんて、とんだ変態国家である。

　だが、これなら少し前に流行した「ノマド」と何が違うのか、という話だ。ノマドと言うのは、簡単に言うとＭａｃＢｏｏｋを持ってスタバで仕事をすることだが、もっと広義で言うと「遊牧民」という意味の言葉で、特定の仕事場を持たず、ノーパソ片手に至るところ（主にスタバ）で仕事をするスタイルのことを指す。

「何がノマドだ、住所不定と言え」と、Ｗｉｎｄｏｗｓ入りのノーパソでノマドたちの頭をかち割って回ったのも、はや数年前のことになる。ノマドをやっていたのは主に個人事業主だったようだが、テレワークの場合は一応会社に雇われている者を指すらしい。

　そうは言ってもいろいろなパターンがあり、社員であるが毎日出社はせず、在宅で仕事を行う雇用型の者もいれば、テレワークの仕事をあっせんする会社に登録してそこから仕事をもらったり、社員ではないが会社から直接仕事を請け負ったりと、いわゆる在宅の派遣社員のような非雇用型の者もいる。これらのパターンを総称してテレワークと呼ぶようだ。

　ともかく、指毛を数える行為の次に時間の無駄である出勤などという行為は前時代的であり、そんな時間があったら一秒でも多く働けよというのが、変態国家の推奨する新しい働き方だそうだ。

テレワーク推進派としては、育児や介護で家を出られない人も仕事ができていいじゃん、という考えのようだ。しかし、そもそも育児や介護が仕事の片手間でできるものという認識から問題のような気がするし、家事、育児、介護などに時間を取られて仕事のノルマをこなす事ができなかったら、結局労働時間を増やすしかない。

また、専門的な技術が必要な仕事ならともかく、データ入力などの単純作業の場合は単価がバカ安いらしく、時給にしたら100円程度ということもザラだそうだ。確かにこれは、在宅ブラック企業という新しい働き方である。

テレワークの重大な落とし穴

それに、出社を省くことによりコストや時間の節約ができると言っても、一つ重大なことを忘れている。家ほど労働に適さない場所はないのだ。我々作家の中にも、家で仕事ができるのに、わざわざ喫茶店など外で仕事をする人がいる。何故かというと、家じゃてんで仕事ができないからだ。

そもそも、家というのは自分が最もリラックスできる場所だ。常にヒリついていたいから、部屋で虎を放し飼いしているという人もいるかもしれないが、大体の人は気の抜ける環境にカスタマイズしているはずだ。だが、仕事中に気が抜けるようではダメなのである。

それに何せ自分んちだ、己の好きな漫画やゲーム、自分好みの女優が出てくるセクシーDVDなどが置いてあるはずである。そして何よりオフトゥンがある。こんな状況で仕事をしろなど正気の沙汰ではない。ブッダでさえ、10回は失敗する修行である。

認めたくないことだが、会社ほど仕事に適した環境はないのだ。漫画やゲームはおろか、全然好みじゃない女優が出てくるセクシーDVDすらも置いていない。また他の社員などの衆目があるため、そうそうサボることもできない。そして何よりオフトゥンがない。

よって、通勤時間をなくすことで節約できた時間を、そのまま家でゲームやDVD、またはオフトゥンの中で浪費してしまっている可能性は大いにあるのである。

地獄がオシャレな名前でやってきた

それに経費の問題もある、会社で働く場合はPCをはじめ、備品は全て会社持ちであるし、それを使う電気代も会社負担だ。自由に飲めるコーヒーとかが置かれた会社もあるだろうし、少なくとも水道水はフリードリンクだ。便所だって、小をしたにも拘らず大で流してもまあ構わない。

しかし、テレワークの場合、PCが支給されるところがなくはないだろうが、非雇用の場合PCは自前だろうし、少なくとも光熱費は自腹だろう。もちろんウンコも自腹で流さなければいけない。スタバで仕事をしようとすれば、もちろんなんとかフラペチーノ代がかかる。この時点で、テレワークはかなりの個人負担があるのがわかる。

出社せずにどこでも仕事ができる、というのはいかにもメリットがあるように聞こえるが、「会社が与える場所で、与えられた物を使って仕事ができる」というのも、実はすごく大きなメリットなのである。
私などは兼業作家なので、奇しくも会社での仕事と在宅の仕事を両方やっているのだが、一つ言えることは「どれも辛い」ということだ。仕事というのは、どんな仕事を、どこで、どんな方法でやろうが、辛いのである。ただ名前が変わっただけに過ぎず、ノマドとか、テレワークとか、地獄がオシャレな名前でやってきただけなのだ。

働き方にしろ、肩書きにしろ、クールに見える仕事はたくさんある。しかし内容までクールな仕事なんてほとんどないのである。それから逃れるには仕事を辞めるしかないが、今度は金銭的に困るという事態がやってくる。

仕事はあってもなくても地獄、よって「今は片方の地獄から逃れている状態」と思うしかないのである。

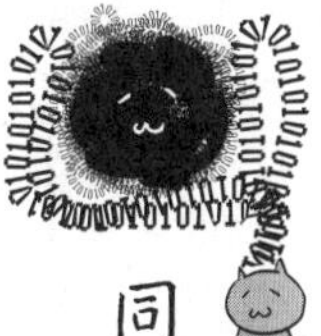

第11回　同人誌即売の救世主　オンデマンド

今まで、テーマとして出されるＩＴワードの意味が全然わからない、と再三言ってきたが、実はここに掲載されているものは、まだわかった部類なのだ。本気でわからなかったものに関しては「無視」という潔い態度をとるので、ここに載ることすらないのである。

先日、また担当より新しいITワードたちが送られてきたのだが、相変わらずアルファベット羅列のみ、みたいな、わからせる気ゼロ、興味を引く気皆無の語群だった。こいつらは一体どれだけ自分に自信があるのか。「2兆円もらってください」「今夜主人がいません」「石油王です」等、あの手この手でクリックさせようとするスパムメールの姿勢を見習ってほしい。

連載史上初・カレー沢氏が興味津々のITワード

しかし今回、唯一、初めてと言って良いほど、意味が知りたいワードがあった。それは「オンデマンド」である。

なぜ知りたいかというと、去年から某ブラウザゲームにハマってしまい、三十を過ぎて同人誌デビューまでしてしまったのがきっかけだ。

去年の10月、新大阪駅のホームで、初めて同人誌即売会サークル参加デビューを果たし、そこで買った薄いドスケベBOOKを両手いっぱい抱えた私に、手伝いに来てくれた小学校以来の友人が「この年になって、君とイベントに参加する日が来るとは思わなかった」と漏らしたのは、まるで映画のワンシーンのようだった。映像化したい方はご一報いただきたい。

話はそれたが、その同人誌を印刷する時に「オンデマンド印刷」という言葉を頻繁に見かけるのだ。どうやら主流となっているオフセット印刷よりは安いようだが、よくわからないので今までやらなかった。しかし、意味がわかれば次はやってみるかもしれない。

したいときに、させてくれるのが「オンデマンド」

まずオンデマンドとは、「ユーザーの要求があった際に、その要求に応じてサービスを提供する事」である。インターネットコンテンツの多くは、こちらの要求に応じて動画や画像などのサービスを提供するので、これはオンデマンドと言える。だがテレビなどは、こちらの要求とは関係なく、決められた番組を放送するのでオンデマンドとは言えない。

つまり、したい時にさせてくれる彼女はオンデマンド彼女だが、こっちはしたいだけなのに、買い物とか食事とか夜景とか、いらんプログラムを組んでくる彼女はオンデマンドとは言えないということである。

しかし、そういう女はオンデマンドなどという言葉が出てくるずっと前からいたはずであり、むしろこっちの方が大先輩だ。よって、オンデマンド印刷の方が「都合のいい女印刷」と名乗るべきかもしれない。

で、そのオンデマンド印刷こと都合のいい女印刷が具体的にどういうものかというと、オフセット印刷だと原稿データからまず版を製作して印刷しなければいけないので、版の料金を回収できるくらい大量に刷るものに向いている。

オンデマンドの場合はデータを直接印刷（主にカラーレーザー印刷機で）するため、少部数でも印刷ができ、安価、納期も早いという利点がある。良い事しかないように思えるが、やはり印刷の質としてはオフセットのほうが上のようである。

部数決定という大決断

だが、安価で少部数刷れるというのは大きなメリットである。同人誌を作る際、何部印刷するかというのは、描き手にとって大きな決断なのだ。

商業誌の単行本であれば、部数は出版社が決めるし、印刷代は当然出版社持ち。在庫も出版社の倉庫か、どこかの河川敷に置かれているだろうから、少なくとも自分が抱えずにすむ。

しかし、同人誌の場合、印刷代は自分持ちだし、売れ残ったものは自分のベッドの下などに保管しなければいけない。あまりにも売れ残るようではベッドが浮くし、その内、余った本でベッドが作れるようになってしまう。

そのため、欲しい人には行き渡るように、かつ余らない数を見極めて発行しなければならない。これは私のみならず、多くの同人作家が悩んでいることだと思う。

部数の決定は、ｐｉｘｉｖに投稿したその本のサンプルの閲覧数やブックマーク数、さらに購入者数アンケート、参加するイベントの規模などのデータを元に計算するのはもちろんのこと、さらには全裸になり五感を研ぎ澄ませ、指を唾で濡らし、風を読まなければいけない。

風、とは、自分が作成する同人誌のジャンルの盛衰具合である。人気のある旬のジャンルであれば、やはりそれだけ売れやすいが、自分の推しキャラの人気度合いなども加味しないと読み誤る。逆に、女体に見える壁の木目を模写した本などマニアックすぎる内容であっても、自分以外誰も作ってないものなら、同じようなマニアが集まるために売れることもある。どれだけデータと風を読み、全裸になっても、やはり余ったり足りなかったりするのである。

自分の厚い本（単行本）の献本在庫を１００冊単位で自宅に抱えている私が、なぜ数ミリの薄い本の在庫をここまで気にするのか全然わからないが、とにかく、いつも大いに悩んでいる。

それを考えると、１００部も刷りたくない場合でも、最低数が１００部からとなっ

ていることが多いオフセット印刷に比べ、もっと少部数から刷れるオンデマンド印刷は便利である。

必要な物を、必要な分だけ作ると訪れる危機

これからの同人界隈はこういった「必要部数だけ刷る」のが主流になるかもしれないが、この波が商業誌にまで来られるのは困る。

というのも、商業誌の単行本は、それが売れようが売れまいが、発行部数に応じて作家に印税が支払われるのだ。それが、欲しい人の数に応じて刷るようになり、実際に売れた数だけ印税が支払われるようになったら、完全に餓死である。

現在、なんでも「必要なものを必要なだけ」というのが主流である。しかし、「誰もいらないであろうものをとりあえず作る」という文化が消えると死ぬ人間がいるということも覚えておいて欲しい。

第12回 中2マインドも思わず起立！ 生体認証

今回のテーマは「生体認証」である。

ガタッ。

今のは、誰の心にも眠る中2マインドが御起立なされた音だ。解散を決めた某グループの歌風に言うと、「あの頃のフューチャーに拙者らスタンドアップでござる」というわけである。

生体認証とは、指紋や目の虹彩を認識してデカイ扉がウィーンと開いたり、セキュリティのキツいプログラムにアクセスできたりする、映画とかでよく見るアレのことだ。パスワードをいちいち入れる代わりに、自分の体を鍵としていろいろなものを管理するのだ。

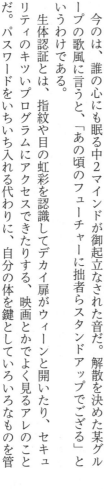

パスワードと人類の果て無き戦い

我々ボンクラにとって、人生とはＩＤとパスワードとの戦いであった。まず、忘れる。パスワードが一つなら辛うじて覚えているかもしれないが、二つになった時点でもうダメだ。

ならば何故メモらないかというと、設定した時は「忘れない」と思っているからだ。もちろん、見事忘れて「パスワードを再設定する」というクソ面倒くさい作業をしながら「次こそメモる」と思うわけだが、そんなのは酒を飲みすぎて便器とディープキス状態になりながら「酒はもう飲まない」と誓うのと同じであり、再設定が終わったころには「メモる」ということ自体忘れ、当然パスワードも忘れる。

だが、ボンクラもボンクラなりに成長するもので、「ありとあらゆるもののＩＤとパスワードを全部同じにする」という、セキュリティのためのパスワードなのに、セキュリティを犠牲にするという逆転の発想でパスワード社会と戦うようになる。

だが、そういった不正アクセスなどの敵の前で自ら全裸になりたがる変態ユーザーが多すぎるせいか、パスワードを設定させる側もだんだん慎重になってきている。８文字以上にしろとか、ＩＤとパスワードに同じ文字列を入れるなとか、大文字と小文字を混ぜろとか注文を増やすことで、ＩＤとパス統一作戦に応戦するようになった。
やはり、そういう奴は非常に単純なパスワードを設定している場合が多いのだろう。21世紀に突入してもう10年以上経っているのに、パスワードは「password」と設定する奴が大勢いるのだから、こうした流れも自然なことだとは思う。

セキュリティ対策が生んだ2種類のボンクラ

面倒なＩＤとパスを要求された時、ボンクラは2種類に分かれる。観念してＩＤとパスワードを付箋にメモり、それをＰＣのディスプレイに貼り付ける「パスワードご開帳ボンクラ」と、諦めてログインごとにパスワードを再設定する「パスワード使い捨てボンクラ」だ。

前者のボンクラはキャッシュカードに暗証番号をマジックで直書きしている老人と同レベルだが、後者は逆に安全度が上がったようにも見える。パスワードの複雑化のほかにも、「セキュリティのためにはパスワードを定期的に変えるべき」ともよく言われるからだ。

しかし、パスワードの再設定だって簡単にできるわけではない。登録時に使用したメールアドレスはもちろんのこと、同時に登録した電話番号を入れたり、時には秘密の質問に答えたりして、本人認証を通過したのちにやっと変更できるのだ。

高レベルのボンクラになると、遥か昔にサービスが終了したフリーメールのアドレスを登録していたりするので、そうなるともう「そのアカウントは捨てる」しかなくなり、めでたく「パス使い捨て」から「アカウント使い捨て」ボンクラにレベルアップである。

秘密の質問も、「母親の名前」とか「兄弟の名前」とか、親父が性豪で母が10人、兄弟は3桁という場合を除けば簡単に答えられるものから選べばいいものを、こういう奴に限って「好きな食べ物」など漠然としたものを選んでいたりするし、もちろん自分で決めた答えを忘れている。

そして、ここで終わればまだいいのだが、苦し紛れに「unko」と入力すると、意外と入れてしまうのである。パスワードを記憶、保存できない自らの粗忽さだけでなく、当時パスワードを設定した自分の精神年齢が小2であるということまで思い出さないといけないのである。

フィクションから現実に転換しつつある未来

こんな自分を全否定されるような戦いに、生体認証が終止符を打つかもしれない。

どんなボンクラでも、指紋や虹彩を忘れてきたということはそんなにないからだ。さらに文字列と違って、指紋や虹彩などは唯一無二なので、「その眼球はすでに使われています、別の眼球を登録してください」などと言われることもなく、安全性も高くなるだろう。

だが、映画などで生体認証が出てくると、高確率で他人の手を切ったり目をえぐり出したりして得たブツで生体認証をクリア、敵の本拠地に忍び込むという描写が出てくるので、自分自身のセキュリティがやばくなるのではという危惧もある。だが、指紋はゼラチンなどでコピーできたりするらしいので、悪い方はどうか短気を起こさず、ゼラチンを作るところから始めてほしい。

２０１６年になっても、引き出しから青狸、テレビから二次元のイケメンが出てくるということはないが、着実に、フィクションでしかなかった技術が現実のものとなっているのだ。

つまり、テレビから二次元のイケメンが出てくる日も必ずやってくるということである。少なくとも、私の好きなゲーム「刀剣乱舞」の舞台は２２０５年であるから、その頃には刀がイケメンになる技術ができているというわけだ。
　その頃にはどの道死んでいるだろうと思われるかもしれないが、オタクはあの日夢見た未来がやってくると言われたら、３００年ぐらいは余裕で生きたりするのである。

第13回

非リア充経済の立役者

JPEG

　今回のテーマは「ＪＰＥＧ」である。
　舐めるな。この俺様がＪＰＥＧにいくらつぎ込んでいると思っているんだ。

ネット上で目にする画像＝大体ＪＰＥＧ

そう、我々が日々経済という名のソシャゲのガチャを回して何を得ようとしているかというと、他ならぬこの「ＪＰＥＧ」だし、尊い尊いとディスプレイの前で涙を流して拝んでいるｐｉｘｉｖの神絵師の絵だって「ＪＰＥＧ」だ。つまり、インターネット上で目にする画像の大体はＪＰＥＧということになる。

そもそもＪＰＥＧとは何かというと、画像の圧縮方法の一つだ。ネットに画像を載せようにもその容量があまりにも大きければ表示に時間がかかり、せっかくのセクシー画像もその全貌を現す前に、こちらがクールダウンしてしまう恐れがある。画像の表示は一刻を争うのだ。そして、そのために作られた画像の圧縮方式がＪＰＥＧだ。

何を今更誰でも知っていることを、と思うかもしれないが、全くのネット・ＰＣ初心者は当然知らないのだ、現に私も昔は知らなかった。

知らなかったが故に、Ｐｈｏｔｏｓｈｏｐか何かで描いた嫁キャラの絵をＪＰＥＧに圧縮することなくそのまま、メール添付で人に送り付けたことがある。その結果、その人のメールソフトは数時間にわたり、当時としては激重な画像データを受信し続けるという「一片の曇りもない嫌がらせ」となったのだ。

それをやったのはネットがやっと一般家庭に普及し始めたころで、私も高校生だったため「ネット初心者の子供のやらかし」で済んだが、今これをやったら完全に老害である。

元は受信に数時間かかるような画像データであっても、ＪＰＥＧに圧縮することによりものの数秒で相手に送ることができるし、興奮冷めやらぬままにセクシー画像を拝むこともできるのだ。

ＪＰＥＧの名前の由来

ネットにおいてＪＰＥＧは空気レベルで浸透してしまっているため（実際オタクはＪＰＥＧがなくなったら窒息死すると思う）、意識することすらなくなっていたが、そもそもＪＰＥＧはどのように生まれたのだろう。

まず「ＪＰＥＧ」という名前だが「ジェイペグ」と読む、これは世界共通だそうだ。由来は、ジェイ田ペグ太郎さんが発明したというわけではなく、それを作ったＩＳＯ組織「Joint Photographic Experts Group」の頭文字だ。

その前に「ＩＳＯ」ってなんだよ、とお怒りの方もいるだろう、少なくとも私は怒っている側なので、キーボードを叩き壊さん勢いで「ＩＳＯ」をググった。ＩＳＯとは「International Organization for Standardization（国際標準化機構）」のことだそうだ。

例えば、非常階段などのマークが場所によってバラバラでデザイナーのいらない遊び心満載だったら、有事の際にそこが非常階段だとわからないし、便所と間違ってそこで用を足す恐れがある。よって、そういったものは共通マークにする必要がある。そのような世界のスタンダードを作るのがＩＳＯというわけだ。

確かに画像の圧縮方法も共通のものがないと困る、現にＰｈｏｔｏｓｈｏｐで作ったデータは、Ｐｈｏｔｏｓｈｏｐかそれを展開できるソフトが入っていないＰＣでは開くことができない。だが、ＪＰＥＧならどのパソコンでも見ることができる。もしＪＰＥＧが見られないパソコンがあるとしたら、それはパソコン大の岩か何かだと思うので、早急にヤマダ電機か眼科に行った方がいい。

ＪＰＥＧは最高のコレクション手段

そんな世界のスタンダード、なくてはならないＪＰＥＧだが、最近はプライバシーやセキュリティの問題もある。例えばカメラで撮った写真をＳＮＳなどにあげた場合、そのデータに含まれる位置情報などが悪用されるケースがある。そのため、ＪＰＥＧ側で利用者のプライバシー保護を行うための技術「ＪＰＥＧプライバシー&セキュリティ」を開発中だそうだ。

だが、ツイッターに上目使い顔写真（ヒゲや猫耳が描き足されている）をアップして「ブスすぎていゃになる……」「#ブスと思った人ＲＴ」など謎のハッシュタグをつけて自らツイートしている奴がいる時点でプライバシーもクソもない気がするし、ネット上にはどんなに情報がない写真からでも個人を特定する「スネーク」がいるので、やはり本人の危機意識が一番の問題だろう。

ちなみに最近、私はソシャゲで推しキャラが描かれているＪＰＥＧを手に入れようとして一日で5万円ほど溶かし、結局そのＪＰＥＧは手に入らなかった。そういう

人間に対し人は「ＪＰＥＧに5万ｗｗｗ」と冷や水をかけたがるものだが、コレクションとしてＪＰＥＧほど合理的なものはない。

まず、データであるからかさばらない。同じコレクションでも鉄道模型とかだったらとんでもなく場所を取り、一部屋まるごとつぶしかねない。そこから「嫁が俺のコレクションを勝手に捨てた」という、発言小町でおなじみの事件が起きるのだ。

それに、形のあるものだと見つかりやすいという問題もある。見つかったら「あんた、これいくらしたの？」と詰め寄られてしまう。その点、ＪＰＥＧなら事件はすべてスマホやＰＣ内で起こるため、クレカの請求を見られない限り発覚しない。

現に、私が溶かした5万のことを夫は知らない。
「集めるならＪＰＥＧ」、これが家庭円満の秘訣である。

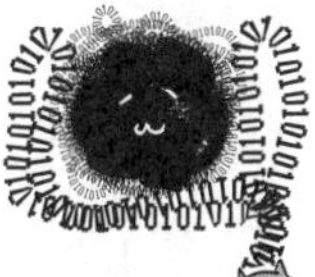

第14回　“田舎しぐさ”バレの恐怖　モバイルペイメント

今回のテーマは「モバイルペイメント」である。
最近有名なもので言うと「Ａｐｐｌｅ　Ｐａｙ」らしいが、私のスマホは「Ａｎｄｒｏｉｄ」なので無関係である。もしかしたら、Ａｎｄｒｏｉｄと思って使っているのは「アソロイド」なのかもしれないが、とにかくｉＰｈｏｎｅでないのは確かだ。
世の中にはｉＰｈｏｎｅの話をすると突然キレだすＡｎｄｒｏｉｄ勢がいる、というのは覚えていて損のないアップルユーザー豆知識である。

一文無し（物理）でもスマホ一台で決済

モバイルペイメント‥スマートホンなどのモバイル端末を用いた電子決済サービスの総称。専用のアプリにクレジットカードやプリペイドカードの情報を登録して決済を行う方式や、クレジットカード読み取り機をスマートホンに接続し、決済端末として利用する方式がある。従来のカード決済に比べ、導入コストが低く、決済後の入金期間が短いといった特徴がある（コトバンクデジタル大辞泉「モバイルペイメント」より）。

店側からすればスマホ、タブレットのイヤホンジャックに挿したカードリーダーを使うカード決済、客側からすればスマホを使った支払い手段が「モバイルペイメント」だ。

自分は手持ちのアソロイド”でも使える楽天Ｅｄｙユーザーで、これもモバイルペイメントの仲間ではあるらしい。ガラケー時代からある楽天Ｅｄｙとオサレな奴らが夢中になっているらしいＡｐｐｌｅ Ｐａｙ、一体何が違うかというと、楽天Ｅｄｙなど日本で馴染みのある「おサイフケータイ」サービスでは、まず現金やクレジットカードなどでお金をチャージしてから使うのが基本だが、Ａｐｐｌｅ Ｐａｙはクレカなどから支払い後に引き落とすらしいのだ。

つまり、ｉＰｈｏｎｅさえあれば、手持ちの現金はおろかクレカも不携帯、つまり身辺のどこにも金が存在しない状態でも（クレカで後払いなため）、チャージ残高不足を気にせず買い物できるというわけだ。


「田舎しぐさ」と「スマホでＳｕｉｃａ」


また、Ａｐｐｌｅ Ｐａｙはｉ Ｐｈｏｎｅに「Ｓｕｉｃａ」を登録して使えることを売りにしているが、私には必要ない。まず、私の町にはＳｕｉｃａが使える改札はほぼ存在しないからだ。改札どころか人さえ存在しない駅が普通にある。

なので、今でも上京した際はイチイチ紙の切符を買うという、一目で地方から来たとわかる田舎しぐさをするわけだが、これは東京人と行動をともにする時大きな弊害がある。Ｓｕｉｃａに慣れきった東京人は「切符を買う」という意識がないため、こっちが後ろで切符を買っている間に改札を通ってしまっており、はぐれるのである。

東京人にしてみれば、さっきまで中腰で後ろについてきていた、田舎者の三下奴《さんしたやっこ》が振り返ったら消えているわけである。田舎者からすると、「こここ、この、にしひぐれざと（西日暮里《にしにっぽり》）までの切符はいくらでゲスか？」と東京人に教えを乞おうと思ったら、東京人はもう改札の向こう側なのである。

よって、担当などからは「Ｓｕｉｃａ作れば」とよく言われるのだが、数ヵ月に１回ぐらいしか使わないものを発行するのは面倒だ。しかし私のアソロイド”にもＳｕｉｃａが使えるモバイルペイメント機能があれば、颯爽と東京人の前を歩き、改札を通り、そのままはぐれることができる、というわけである。

道具が変わっても人は変わらず

Ａｐｐｌｅ ＰａｙのＨＰを見に行くとＳｕｉｃａだけではなく、ありとあらゆる支払いがスマホ内、またはスマホをかざすだけでできるようになる、と書いてある。また、複数のクレカを登録して使い分けることも可能だという。ちなみにアソロイド”陣営も昨年、「Ａｎｄｒｏｉｄ Ｐａｙ」（注：２０１８年２月に「Ｇｏｏｇｌｅ Ｐａｙ」に統合）なる同様のサービスを始めた（中身は今のところ実質楽天Ｅｄｙと同じらしい）。

これを「便利」と思う人もいるだろうが「恐怖」と感じる者もいるだろう、私は後者だ。

モバイルペイメントが普及すると、ますます「金を使っている」という意識が希薄になる。現金払いというのは確かにスマートではないし、五円玉を四つぐらい出した時のダサさは筆舌に尽くしがたいが、「今存在する金しか使えない、なくなったことを実感できる」という点では実に堅実である。たとえそれが、各種消費者金融をはしごして得たものであっても。

スマホをかざすだけで何でも買えるならかざしまくってしまうだろうし、自己管理ができない人間だと何回かざしていくら使ったかなんて当然覚えてないだろう。あとで請求額を見て、消費者金融におかわりしにいくだけである。

私はこうなるのが嫌でクレカもあまり使わないし、ソシャゲの課金はできるだけＧｏｏｇｌｅ Ｐｌａｙカードを現金で購入していたのだが、これではあまりにも効率が悪いため、先日デビットカードを作った。本当に、課金をするためだけに作った。Ｓｕｉｃａはてこでも作らないのに、課金のためなら行動的になるのだ。

デビットカードとはクレジットカードと似たようなものだが、後日請求がくるクレカと違い、ほぼリアルタイムで口座から金が落ちるのが特徴である。これのおかげで、私の口座の履歴には恐ろしく短時間で断続的に金が

落ちていく様が記録されるようになった。軽いグロ画像である。
かと言って、それを見て「課金を控えよう」とは思わないのだ。
結局浪費家というのは、どんなツールを与えても浪費するものなのである。

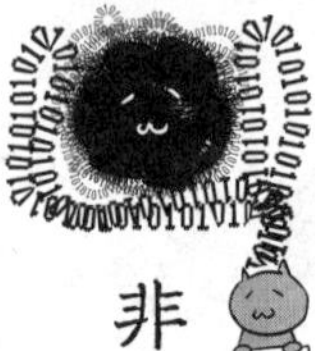

第15回　非リア隠しにはもってこい　チャットボット

今回のテーマは「チャットボット」だ。
ボットとは「ｂｏｔ」のことであり、こう書くとツイッターをやっている人間なら親しみ深いだろうし、フォロワーが全部ｂｏｔというプロフェッショナルもいるだろう。
逆に言うとｂｏｔさんのおかげで我々はフォロー＆フォロワーゼロを免れているといえる。そんな俺たちの救世主（メシア）たるｂｏｔとはそもそも何か。

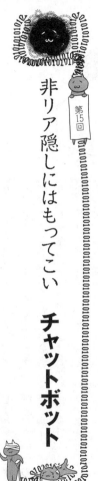

ｂｏｔ：ツイッターの機能を使って作られた、機械による自動発言システム。語源はロボットから来ている。特定の時間に自動ツイートするｂｏｔ、ユーザーのｂｏｔ宛の発言にリプライするｂｏｔ、特定のキーワードに反応するｂｏｔ等、様々なｂｏｔが存在する（ツイナビ　ツイッター用語集より）。

ＴＬでよく見かける、漫画のキャラクターのｂｏｔが定期的にあらかじめ登録された作中の台詞をつぶやいていたり、こちらがつぶやいた特定のワードに反応してリプライを返したりしてくるアレだ。

私の漫画のキャラクターのｂｏｔもいくつかある。名誉のために言うが自作ではない。特に、「フルメタル鳩山ｂｏｔ」というのが二つある上に両方「ブス」という言葉に反応するため、ブスとつぶやいたら、毎回きっちり二人がかりで「メガネの人格が変わるほどの地獄だぜー！」などと絡んでくるというリアル地獄絵図なので、気になる方はフォローして即ブロックすればよいと思う。

また、キャラだけではなく「カレー沢薫ｂｏｔ」というものもある、私がツイッターなどでつぶやいた不用意な発言が、半永久的に発信され続けるという生き恥ｂｏｔなのだが、何せ自分で作ってないので、削除権がない。私如きでこの有り様なのだから、中高生の時ノートに描いた落書きという、見つけたら即家ごと燃やすであろう危険物を博物館で展示されてしまう太宰治などは大変である。

ちなみに、私は私関連のｂｏｔを全くフォローしていない、無益だからだ。例外としてデビュー作「クレムリン」の関羽というキャラが「〇〇だニャ……焦りと苛立ちだニャ」とつぶやき続ける「焦りと苛立ち関羽ｂｏｔ」だけはフォローしている。無益を極めすぎて逆に有益な気がしたためである。

チャットボットと会話の有用性

このように、ｂｏｔというのは、好きなキャラがつぶやいたりリプしたりしてくれる、嬉しいな、ぐらいのもので、基本無益なものである。チャットボットはそんなｂｏｔの有益性を高めたものだ。ｂｏｔとの会話を通じてユーザーが必要としている情報が得られるというもので、検索機能の役割も果たすという。メッセンジャーとｂｏｔが混ざり合ったようなサービスだ。

有益と言っても、嫁キャラのｂｏｔに延々話しかけ続けていたら「お前に必要なのはリアルの話し相手だ」と突然マジレスしてくるというわけではないし、何を探しているかぐらいはこちらで明確にしなければならない。「自分を探している」などと漠然としたことを言っても、「そんなものはない」と返されるだけだ。

つまり、「服が欲しいが、どんな服を選んだらいいかわからない」という場合は、服の通販サイトのチャットボットと会話をして、その会話からこちらの求めている服を割り出し、その通販ページまで案内してもらうという具合だ。

そこまで会話がしたいか、普通の検索でいいではないかとも思うが、求めている答えにたどり着くには会話が一番早いという意見は否定しにくい。

リアル服屋でだって、店員と会話さえできれば、一番早く、求めているものにたどり着けるのだ。それができないどころか「店員が話しかけてくる店」を積極的に避けるため、ひとりで店内を延々うろうろした挙げ句、上下ビビッドなオレンジのセットアップという、アメリカの囚人のようなチョイスをしてしまうのだ。

会社でだってそうだ。なんでもネットで調べられると言っても、ネットでわかるのは一般論であり、「会社のやり方」とは違う。つまり、会社のことは会社の人間に聞くのが一番早い上に正確だ。だが、会社の人間に質問すると「怒られる」というリスクが発生するし、「この前も教えたよね？」などと言われたら一大事だ。

よって、聞かずにやるか、ネット知識でことを進めてさらに怒られるのである。その点チャットボットならこちらの発言にぶち切れてくることはないだろうから、安心だ。しかし人間の性癖は複雑なので、その内「イケメンドSチャットボット」とか「美少女が罵倒してくるチャットボット」などが生まれてくることも予想される。

すでに、行きたい場所を言うと時刻表を教えてくれるＬＩＮＥのチャットボットが

あるというので登録し、早速「ドバイ」と書き込んだ。それがどこにあるのかは知らないが、ドバイにさえ着けば勝ちのような気がしたからだ。

　すると、チャットボットは「そのような駅はありません」と返してきた。

　そう言われてみると、日本に「ドバイ駅」はないような気がする。これはこちらの過失だ。そこでグッとレベルを落として、私の実家の最寄りの駅を入力した。すると、チャットボットは「候補が複数あります」と言い、都心の駅を羅列しはじめた。もちろんその中に、おらが村の駅はない。

　地方は最新システムから無視されるという、初歩的なことを忘れていた。田舎ものは田舎ものらしく、ドバイへは徒歩か牛に乗って行こう。

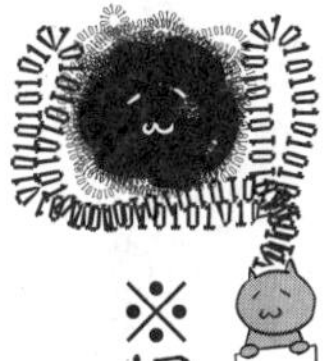

第16回

※個人の感想です

CGM

今回のテーマは「ＣＧＭ」だ。

つまり「キャット グレイト マーダー」、翻訳すると「おキャット様は凄腕の殺し屋」。存在が可愛すぎて、いるだけで人がゴミのように死ぬ、という意味だ。

このように「C」が頭文字に来るだけで、異論を挟む余地なく正しい言葉が生まれるのだが、世の中の方がおかしいため「ＣＧＭ」にも別の間違った意味がある。

ＣＧＭ（Consumer Generated Media）：インターネットなどを活用して消費者が内容を生成していくメディア。個人の情報発信をデータベース化、メディア化したＷｅｂサイトのこと。商品・サービスに関する情報を交換するものから、単に日常の出来事をつづったものまでさまざまなものがあり、クチコミサイト、Ｑ＆Ａコミュニティ、ソーシャルネットワーキングサービス（ＳＮＳ）、ブログ、ＣＯＩ（Community Of Interest）サイトなどがこれにあたる（ＩＴ用語辞典 e-Wordsより抜粋）。

つまり、ツイッター、食べログ、ヤフー知恵袋などがこれにあたる。しかし、上記のツールや発言小町のことを「CGM」とか言う奴がいたら相当しゃらくさい。年収が1兆ぐらいないと、陰で指差されて笑われているタイプだ。

このようにネットには情報や口コミが溢れているため、何かを購入するとき、すでに購入した他人の意見を元に、買うべきかどうか判断することができる。全く下調べをすることなく買う、ということは少なくなっただろう。

そんな中、私は全く下調べせずに携帯ショップで新しいスマホを即決で購入したため、これだけソシャゲに命と金をかけているにも拘らず、ソシャゲを起動するとマジで発火5秒前というぐらい発熱してしまうという、明らかにソシャゲ向きでない機種を購入してしまった。その結果、ネットで「スマホの発熱を抑えるツールを調べる」という、30周ぐらい遠回りしたCGMの使い方を披露することとなった。

このように、何かを買うときは下調べするにこしたことはない。全くのノーヒントで買って良いのは私の著作だけだ。

「個人の感想」が自分に合うとは限らない

しかし、そういった情報を鵜呑みにするのもよくない。CGMに投稿されているレビューなどはあくまで「※個人の感想です」だからだ。

電化製品など実用品の感想なら、「使えない」という意見でも、自分に必要かどうかの判断に使えることもある。例として、炊飯器のレビューで「ゴミを吸うばかりで全然米を炊かない。あと動き回って落ち着きがなさすぎる」という理由で☆1がついている場合、おそらく投稿者は間違えてルンバなどを購入しているのだろうが、米は炊かなくて良いからゴミを吸って落ち着きがない炊飯器が欲しい、という場合は参考になるだろう。

しかし、食べ物や、漫画や映画などのエンタメにまつわる感想というのは、非常に大きな個人差があり、他人の感想はまったく使い物にならないケースもある。例えば、「クソだった」の一言で☆1がついている漫画を買わないのは、あまりにも早計である。

例えば、口コミの投稿者が「クソだ」と感じた理由は、地味な眼鏡っ子ヒロインが、最終回で眼鏡をはずし垢抜けた美少女になってしまったからかもしれない。こうなると、作品の出来不出来ではなく、読み手の性癖の問題である。投稿者としても、己が愛した眼鏡っ子ヒロインが最後の最後でクソビッチ（※個人の感想です）になってしまった、深い悲しみを事細かに説明したかったのかもしれない。しかしあまりにも悲しみが深すぎて「クソ」の一言しか出てこなかったか、そもそも文字数が足りなかったのかもしれない。とはいえ、そうした事情はレビューを見た者にうかがい知れぬことなので、ただ「クソなのか」と思うだけだ。

しかし、レビューを見た者は「地味っ子が美少女に変身する展開」が大好物かもしれないのだ。そうなると、「クソだ」という情報を鵜呑みにした結果、自分の趣味にマッチングする作品との出会いを逃したことになる。よって、一つのレビューを妄信するのではなく、様々な意見を見る必要があるのだが、見すぎると逆に何が正しいのかわからなくなる。つまり、最終的には自分で確かめるしかないのである。

作り手を悩ませる「☆」

しかし、買い手が自分で確かめるにも限度があり、それでCGMが重宝されているのも確かだ。だから、作り手にとって、こういうCGMでの評価は恐ろしいものである。レビューで☆1を一つつけられたせいで、貴重な顧客を逃すはめになりかねないからだ。

だが、低評価もあまりに数が多いと、高評価に匹敵しだすので侮れないものがある。人には、「ただのクソなら見に行かないが、フルメタルジャケットで言うところの、聳《そび》え立つクソ級になると、わざわざ見に行ってしまう」という習性がある。クソをわざわざ見に行って「本当にクソだった」と大喜びでＳＮＳに書き込んだりするため、さらに広がっていくのだ。こうなると、そこそこの評価のものより知名度が高くなる。

また、数が多くなくても☆1がついていると、何となく気になって見たりしてしまうものだ。作り手としては☆2が二つくらいついてるという状態の方が地味に痛く、一番最悪なのはレビューが一つもない時だ。わざわざ感想を伝えるほどでもないか、そもそも誰も買ってないということだからである。

そもそも、ＣＧＭで得られる情報は雑多であり、「買ってないけどクソ」という書き込みすら存在するため、信憑性に欠けることも多い。

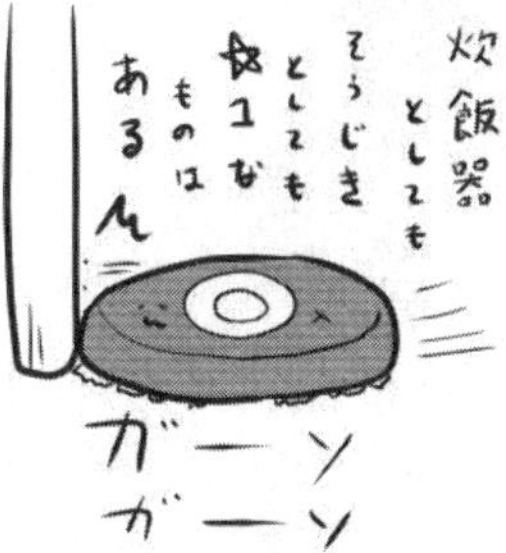

参考にするのは良いが、他の手段でも情報を仕入れ、最終的な判断は自分でした方がよいだろう。

私も、本屋で自分好みの男女が表紙にいる小説をジャケ買いしたら、実は両方とも男のＢＬ本だったということがあったので、買う前に最低限の基本的情報、表紙にいる人間の性別ぐらいは調べたほうがいらぬ事故を防げたに違いないし、この場合はＣＧＭを先に見ていれば、「男女カップ物だと思ったのにＢＬだった」という先達の金言に出会えた可能性すらある。
やはり、何かを買うときは下調べするにこしたことはない。

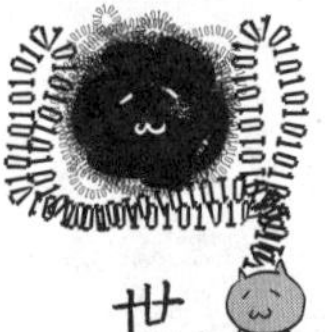

第17回 世界滅亡レベルでの影響力 サーバ

今回のテーマは「サーバ」だ。これは漠然とした理解のまま普段使いしてしまっている用語10年連続1位ではないだろうか。
例えば、ソシャゲの大型アップデートの後、一秒でも早くプレイしたいのに、何回やっても猛烈にゲームにアクセスできないことがある。そんな時、とりあえず「鯖（サーバ）が落ちてやがる」とツイッターに叫んでしまうものだ。
最近ではそれより先に「詫び石！ 詫び石！」と言うことの方が増えてきたが、とにかく「何かにアクセスできない＝サーバとやらが落ちている」という印象だ。

担当からも「サーバというのはソシャゲも弊社媒体もみんなこれがないと生きていけないものです」という説明を受けている。むしろこれ以外の説明が一切なかった。この一文で2000字のコラムを書かせようというのがすごい。

そんな御社媒体のことはどうでも良いが、ソシャゲが出来なくなるのは困る。つまり「サーバがなくなる＝世界滅亡」という理解でいいだろう。

サーバダウンと世界の滅亡

サーバあるいはサーバー（英：server）は、サービスを提供するコンピュータである。コンピュータ分野のクライアントサーバモデルでは、クライアントからの要求に対して何らかのサービスを提供する機能を果たす側のシステムを指す（引用：「サーバ」『フリー百科事典　ウィキペディア日本語版』）。

相変わらずウィキペディアさんの説明は馬鹿にわからせる気が一切ないが、ともかくサーバというのはＷｅｂサービスが格納されている場所である。

今見ているページもサーバに格納されているものである。貴殿の「この記事を読みたいんや」という強い意志によるクリック、もしくは尋常じゃない手の脂が起こした誤クリックにより、サーバからこの記事は呼びだされ、今あなたの眼前にあるというわけだ。

つまり、現実世界の店と同じように、客からの「お母さんと同年代の女性がセーラー服を着ている動画を」などの注文に応じて、格納庫から該当するサービスを出してくるということだ。

ソシャゲのガチャに関しては「このキャラを出したい」という客の求めをガン無視している気がするが、おそらくサーバには「適当に10個選んで持って来い」というオーダーしか伝わっていないのだろう。

つまり「サーバが落ちた（ダウンした）」というのは、この格納庫自体が機能停止してしまい、何も出せない状態のことを指す。では、なぜサーバがダウンしてしまうかというと、人間がダウンする理由とさほど変わらず、多くの原因が「負荷がかかりすぎ」というものだ。

サーバにも一度に処理できるタスク量には限りがある。店員が一人しかいない飲食店に客がたくさん来たら、処理が追いつかず、料理を出すのが遅くなる、そしてさらに客が来たら店員はぶっ倒れ、何も出せなくなる、それと同じだ。

つまり、ソシャゲのメンテ後、サーバが落ちてしまうのは、私を筆頭とした、それしか楽しみがない連中が一気に大挙して押し寄せ、「水着！　水着！」「土方さん！土方さん！」など、各々が欲しいサービスを叫びながら店の扉を叩きまくったため、

「こんなの相手にできるか」とサーバが静かに息を引き取ってしまったからということだ。もしかしたら自害かもしれない。

ともかく、Ｗｅｂ上で得られるゲームや音楽、画像や動画、セクシーな動画のほぼすべてがサーバ上にあるため、それがダメになったらサービスを享受することはできず、世界が滅亡する、というわけである。

ユーザーがサーバに格納するパターン

そして我々は、サーバから引き出すだけではなく、自らサーバに何か格納したりもしているのだ。現在だと各種ＳＮＳや、ブログがある。今、イラストや漫画を発表したいならＰｉｘｉｖを選ぶだろう。

いろいろと便利なものがあるが、これらもＳＮＳのサーバにデータをアップするという点では、昔主流だった個人ＨＰ（ホームページ）と同じだ。最近はあまり個人ＨＰを持っている人はいないと思うが、私がＪＫだった原始時代にはそんなサービスはなかったので、自分の絵をネットで発表したい、と思ったらＨＰを開くのが主流だった。

そしてＨＰを開設するにあたり、まずやることは「サーバを借りてくる」ことである。ＨＰに載せるものが揃っていても、それを入れるサーバがなければ、カレーの材料は揃っているが鍋がねえ、みたいなもので、永遠にＨＰという名のカレーはでき上がらない。

このサーバも、多くの人間が共用する共有サーバや、個人専用サーバまで種類はいろいろあるようで、専有度が高いほどレンタル料は高いようだ。そして、そのサーバに公開したい絵だけでなく、各種ＨＰ用のボタン素材などのデータをアップロードして、配置を決めてリンク

をはり、初めてＨＰ開設となる。

そして客の求めに応じ、サーバに入れてあるイラストなどが表示されるわけだが、求め（アクセス）がなければ、サーバに入ったまま永遠にでてくることはないのだ。サーバが落ちて、サービスがストップしてしまうというのは運営側からしたらおおごとなのかもしれない。しかし、それだけ人から求められたということでもある。客がまったく来ないより、幾分ましではないだろうか。

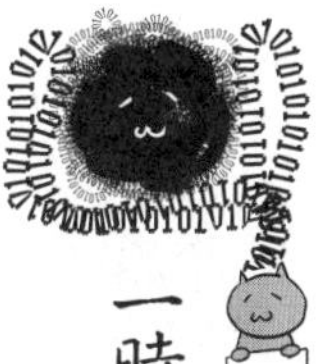

第18回

一時代の終焉

Flash

２０２０年に、Ａｄｏｂｅが「Ｆｌａｓｈ」のサポートを打ち切るという。

Ｆｌａｓｈとは、Ａｄｏｂｅ Ｓｙｓｔｅｍｓ社による、音声や動画、ベクターグラフィックスのアニメーションを組み合わせてＷｅｂコンテンツを作成するソフト。また、それによって作成されたコンテンツ（ＩＴ用語辞典 e-Wordsより）。

つまり、アニメなどを作るＷｅｂ向けの動画作成ソフトである。「Ｆｌａｓｈゲーム」や「Ｆｌａｓｈアニメ」など２０００年代のインターネットの進化の一翼を担った存在であり、このたびの「Ｆｌａｓｈ終了のお知らせ」は一時代の終焉とも言える。

しかし実際この報を聞いて「終わった……」と膝から崩れ落ちている人は、長い期間Ｆｌａｓｈを使っていた人か、現在進行形で使っている人だけだと思う。少なくとも、Ｆｌａｓｈを自分で使ったことがなければ無感動だろう。

消費者はそれほど産地を気にしない

「Ｆｌａｓｈゲーム」や「Ｆｌａｓｈアニメ」をクソほどやったし見た、大学もバッチリ留年中退したという人でも、消費者側でしかなければ、Ｗｉｎｄｏｗｓ２０００に花添えて「青春さらば」と泣いたりはしないはずだ。

結局、それが何でできているかを気にするのは同じ製造者側であり、見る側としては使用ソフトのことなど、あまり気にならないものである。

ｐｉｘｉｖを見る時だって、全く自身が絵を描かない人間なら、素晴らしい推しの絵を前に「尊い」としか思わないだろうが、一応漫画家である私は、まず「尊い」と目頭を押さえ、５分ほど網膜を休ませたあと再度見て「尊い……！」と思う。そして次の日また見て「尊っ……！」と思う。

このように私ぐらいのレベルになると、神絵師と同じツールを使っても同じものが描けるわけではないとわかっているので、何を使っているかなんて全く気にしないし、そんなことを考えるのは逆に気が散っている、とさえ思えるが、多少でも向上心がある絵を描く人間は、「どんな画材やソフトを使っているのだろう」と気にしたりするものだ。

よって、私はおそらくＦｌａｓｈで作られたコンテンツを大いに楽しんできたであろうが、動画を製作したことがないため、それがＦｌａｓｈであるということはあまり意識したことがない。

Ｆｌａｓｈの存在を強く感じる事と言えば、何らかの動画（どんな動画かは言わない）を見ようと力強く再生ボタンを押したのに、何らかの動画ではなく「最新のＦｌａｓｈをインストールしてください」という文字が画面に表示されたときぐらいだ。そこからＡｄｏｂｅのサイトに飛び、Ｆｌａｓｈをインストールするまでの時間は、いつでも永遠のように感じられた。

ちなみにブラウザゲーム「刀剣乱舞」も現在Ｆｌａｓｈで稼動しており、Ｆｌａｓｈ終了の報を受けて今後どうするかは検討中だそうである（注：２０１８年１月12日に「ＨＴＭＬ５」への移行を決めたとの報あり）。あまり関係ないと思っていたが、とうらぶのキャラたちがＦｌａｓｈで動いていたとあれば一大事だ、と思ったら、よく考えたらゲーム内の彼らは全然動いてない。せいぜい画面の端から中央にゆっくりスライドしてくるとかだ。

むしろ止め絵だけなので、最悪ＧＩＦアニメとかでもなんとかなるんじゃないだろうか、Ｆｌａｓｈがなくなっても安泰である。

逆にコレだけ動かず喋らずの奴らが、２年以上人気を保っているのがすごい。高価なソフトを使えば良い絵が描けるわけじゃないのと同じように、キャラがアニメーションでヌルヌル動いてフルボイスなら人気が出るわけじゃないという好例である。

世界は滅亡しないが、サービスは終了する

では、なぜＦｌａｓｈが事実上オワコンになってしまったかというと「脆弱性、高負荷」の問題を解決できなかったからだそうだ。つまり、セキュリティがイマイチで、重くて電力を食うということだ。

パソコンならまだしも、携帯やスマホで、セキュリティが弱く省エネでない、というのは致命的で、ｉＰｈｏｎｅやｉＰａｄに搭載されているｉＯＳがＦｌａｓｈを採用せず、そこから衰退が始まったという。

もちろんＡｄｏｂｅも、メンテに失敗したソシャゲのように突然やめると言い出したわけではなく、終わるのは冒頭言った通り２０２０年である。つまり、作る側はそれまでの間に、他の技術に移行しておけよ、ということだ。

ｉＰｈｏｎｅの件もそうだが、Ｍａｃなどは２０１０年ごろからすでに「脱Ｆｌａｓｈ」を始めていたようである。Ｆｌａｓｈを脱して次何になったかは別の機会にでも取り上げるとして、Ｆｌａｓｈを使っている人は早めに新しいツールへ移行した方

がいいだろう。

だが、なかなか、やらねえんだな、これが。大企業レベルなら早々に移行するだろうが、これが中小企業やさらに個人レベルになると、ケツの重さが30トンぐらいになる。

数年前、漫画制作ソフト「ＣｏｍｉｃＳｔｕｄｉｏ」（略称：コミスタ）の販売が終了し「ＣＬＩＰ　ＳＴＵＤＩＯ」（略称：クリスタ）に移行したわけだが、その予告を受けコミスタ使いだった私が、すぐクリスタに移行したかというと、まあギリギリまでやらなかった。

使い慣れたものを捨て、また一から勉強し直すというのは気が重過ぎる。それに数年後のことなら今すぐやらなくても良い気がしたし、何より「そうは言ってもコミスタ終わらないのでは!?」と思っていた。
でも終わった。世界滅亡の予言は記憶している限りでは当たったことがないが、サービス終了の予告は大体実行される。
よって、Ｆｌａｓｈは本当に終わるのでＦｌａｓｈ使いの人は早めに移行した方がいいだろう。重いケツを重いまにしておくと、終了間際に慌てて何もかもをやることになるため、一からのスタートがマイナスになりかねない。

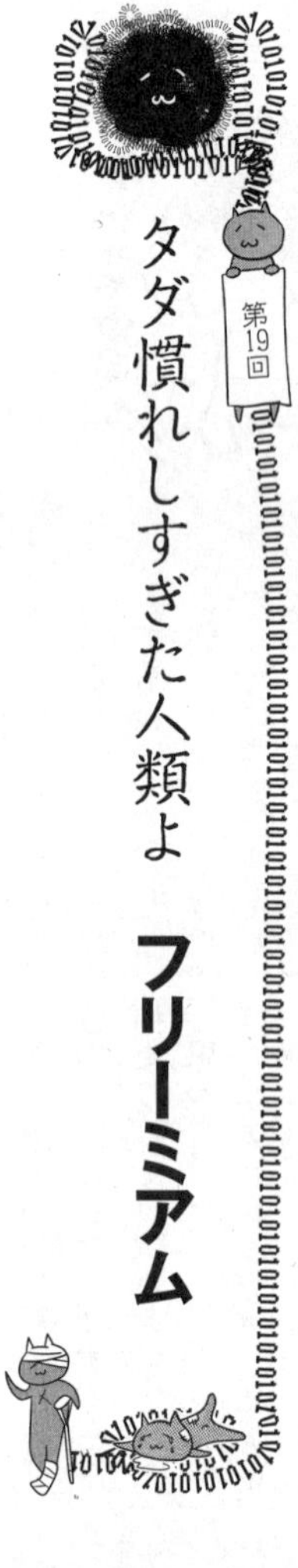

第19回 タダ慣れしすぎた人類よ　フリーミアム

今回のテーマは「フリーミアム」である。

タダに慣れすぎて、有料コンテンツに抵抗を示す

近年、「無料」なものが格段に増えた。昔は、無料エステ体験に行ったら、体験終了後、帰す気も寝かす気もねえというような武者に四方を囲まれ、気づいたら50万のエステローンを組んでいるなど、金を払う気がないなら、逆に無料のものには近づくべきではなかった。

しかし現在、特にデジタルコンテンツにおいては、後で何か要求されることもなく、無料で楽しめるゲーム、漫画、音楽などが数多くある。

もし画面に「会員登録ありがとうございます。期日までに16万振り込んでください、あなたのIPアドレスは把握しました」と出たのなら、ただのフィッシング詐欺なので振り込んではいけない。あと、無料のセクシーを探求するのもほどほどにした方がよい。

逆にタダに慣れすぎて、有料コンテンツに抵抗を示す者も増えてきた。そうなると、「金を払ってもらわないと、クリエイター側は活動を続けられなくなり、結果的に音楽や漫画が衰退する。長く楽しみたいなら、金を払うべき」というつぶやきが5000リツイートぐらいされ、それに対し「金を払わせる力がないのが悪い。こっちのせいにするな」というリプが100件ぐらいつく、という流れをここ数年、5億回ぐらい見ている。もはや熟年夫婦の会話の域だ。

この件に関しては、金を払わせる力がない側としては何とも言えないのだが、それでも買ってもらわないと餓死するのは事実なので、買え、買って燃やしてまた買え、と言うことを止めることはできない。

前置きが長くなったが、「フリーミアム」とは、そのような「タダ」のものである。

フリーミアム（Ｆｒｅｅｍｉｕｍ）とは、基本的なサービスや製品は無料で提供し、さらに高度な機能や特別な機能については料金を課金する仕組みのビジネスモデルである（引用：「フリーミアム」『フリー百科事典 ウィキペディア日本語版』）。

これを聞いて、まず一番に思い浮かぶものがあるだろう。何も思い浮かばなかったならそれでいい。そのまま頭からっぽの方が平和だし、夢もつめこめる。

そう、俺たちのソシャゲがまさに「フリーミアム」である。

ソシャゲというものを、凄まじい金がかかる石油王の遊びと思っている人もいるかもしれないが、ソシャゲは基本無料だし、やろうと思えば永遠に無料で遊べるものだ。この先に進みたかったら課金しろとか、もう一枚脱いでほしければ金を払えとか、誠意を見せろとか言わない。もしかしたら最後の例は言うところもあるかもしれないが、少なくとも「基本プレイ無料」はウソではないのだ。

だが、無料で進めようとしたら、時間がかかったり、待ったりしないといけないし、レアリティの高いキャラクターやアイテムの入手は諦めなければいけないことがほとんどだ。そして、プレイヤーの中には、それが我慢ならねえという人間がいる。一秒でも早くゲームを進めたいし、レアキャラは全部欲しいという奴だ。

そういう石油王でなければ配偶者にしたくないタイプがどうするかというと、「課金」だ。課金して、待たなければ回復しない体力を回復させ、ゲームを進めたり有料ガチャを回したりして、レアリティの高いキャラを手に入れるのだ。

つまり、一部のこういうタイプの客が落とす金でソシャゲは収益を出しているのである。

課金型ペイントソフトの「確実性」

これはソシャゲだけの仕組みではない。ソフトウェアでも、「基本機能は無料で使えますが、さらに高機能にしたければお金を払ってください」というものがある。

ペイントソフトで例えると、無料だと赤、青、黄でしか描画できないが、金を出せば群青色でも描かせてやる、というわけだ。

しかし、そういうソフトは「課金すればランダムで何らかの機能がつく」とかいう状況にはならないし、「課金したとしても、場合によって群青色は追加されず、すでにある赤が5個ぐらいツールバーに表示されることもある」などということはない。そんなことをしたら訴訟ものだろう。

しかし、ソシャゲのガチャはそれが普通なのだ。「俺はこの群青色がほしいぜ」と課金しても赤が出る、それがガチャである。つまり、群青色が欲しければ出るまで課金するしかない。

また、課金型ペイントソフトであるなら、無課金の奴は絶対に群青色で絵を描くことはできない。しかし、ソシャゲだと無課金の奴が、課金者が出せなかった群青色を無料で引けるガチャで出して使っていたりするのである。

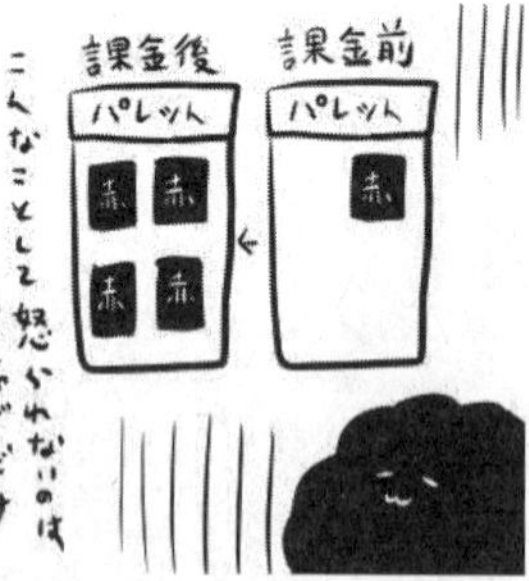

プレイヤーはよくこんなルールを受け入れているなと思うが、ここで「正気じゃねえ」と気づいた人間は課金をしない。つまり、正気じゃない人間により成り立っているのがソシャゲであり、私も正気を失っている側だ。

無料コンテンツが増え、有料に抵抗を感じるのはわかる。だが、ガチャと違い「金を払ったら意中の物が確実に手に入る」ということ自体、尊いことである。

私の本も、金を出せば確実に買え、火をつければ絶対に燃えるので、遠慮なく買って燃やして、また買って欲しい。

第20回 ファイアウォールと『進撃の巨人』

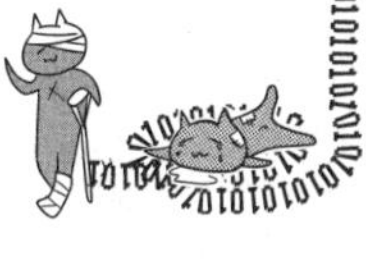

今回のテーマは「ファイアウォール」である。

今さらかよ、と思ったが、当方今までファイアウォールのことをウイルスバスターなどと同じようにファイアウォールというウィルスソフトがあるものだと思っていた。だが、どうやら違う、と今回初めて知った。

今まで、知ったは良いが一生使わないであろうＩＴ用語を学んできたというのに、灯台もと暗しである。マイナンバーを交換するまでの仲になったのに名前は知らない、ぐらいの迂闊さだ。

しかし、ネットでは「お互いの顔も名前も知らないが、性癖だけは熟知しあっている」という関係性がよくあるので、ファイアウォールを知らないというのも割とよくあることなのかもしれない。

では、ファイアウォールとは何か。『進撃の巨人』で最初にぶっ壊されたやつかと

いうと、やはり相手は巨人ではなく、ウィルスとかそういう脅威のようだ。

ファイアウォールとは、あるコンピュータやネットワークと外部ネットワークの境界に設置され、内外の通信を中継・監視し、外部の攻撃から内部を保護するためのソフトウェアや機器、システムなどのこと。原義は「防火壁」であり、外部ネットワークからの攻撃に対する防御を、火事の炎を遮断して延焼を防ぐことになぞらえている

(出典：IT用語辞典 e-Words)。

つまり、個別の脅威対策ソフトを指すのではなく、そういった物の総称である。理屈としては『進撃の巨人』と同じで、自分のPC周りに壁を作って、巨人のような脅威が入れなくしてしまおうというわけだ。

ただ、もちろん違いはある。『進撃の巨人』の壁の場合、巨人以外、例えば安全な上に可愛いおキャット様すらそれに阻まれて入れないという、不敬極まりない事態になってしまっていると思う。

ファイアウォールの場合は、外部の物をすべてシャットアウトするわけではなく、危険な巨人は入れないがおキャット様は可愛いから入れる、と選別し、脅威のみを遮断してくれるのだ。

また、防ぐのは外部の物だけではなく、内部から外部へ出ていくのも防いでくれる。それも嫉妬深い彼女に監禁されて、外部との接触を一切絶たれる、というわけで

はなく、危険性のある望まない通信を防ぎ、情報流出を避けてくれるというわけだ。

わざわざ作ってもらった壁をぶち壊す存在

何度も言っているが、「すべてネットにつないでしまえ」のIoT社会がやってくるのだ。つながりまくる、ということは、それだけあらぬものが入ってしまったり出てしまったりする可能性が高まるということである。

ウィルスほか、PCクライシスに遭う原因と言ったら、いまだに怪しいアダルトサイトを見たせいというイメージかもしれないし、もしかしたら今でも原因ランキングの第1位はそれかもしれないが、IoT社会を待たずして、インターネットをまったく見ない人でも被害に遭う可能性はあるのだ。

たとえばUSBメモリの読み込みなど、PCを使う上でインターネット以外でも通信しなければいけないものは思いのほか多く、知らない内に通信して、知らない内にあらぬものを入れたり出したりしてしまっていることもあるのだ。

おそらく、通信する前に「通信しますけどいいですか?」と注意ぐらいは出ているのかもしれないが、「読まずに『はい』を押す」でおなじみの我々である。アダルトサイトを見た人間が「知らないウィルスに感染した」と主張するのと同じように、

「知らない内に通信して知らない内に何かやばいことになってた」と言うに決まっている。

ともかく、人間は注意力がなく、危機意識が低く、さらに過ちを認めないので、人間が知らない内に何か入れたり出したりしているのを、ファイアウォールさんが監視し、ヤバイ時は止めてくれているのである。

よって、PC他通信機器に電源を入れる予定がない、もしくはみかん箱をPCと呼んでいる人以外は、必ずファイアウォールを入れたほうがいい。

もちろん、「何故か自分だけは被害に遭わないと確信している」でおなじみの我々である。入れたほうがいいと言われても入れるわけがないので、Ｗｉｎｄｏｗｓには「Ｗｉｎｄｏｗｓ　ファイアウォール」というファイアウォールが標準装備されている。

行き届きすぎじゃないか、と思うが、入れてやらないと「知らない内に何かやばいことになってた」でコールセンターがうるさくなるだけなので、お互いの業務円滑のために最初から入っていたほうが良いだろう。しかし、それだけ介護されても、まだ我々はわざわざ作ってもらった壁を、自らの手でぶち壊してしまったりするのだ。

例えば、インターネットの海原で、何らかのお宝を見つけ、ダウソしたり、インストールしようとしたりする。するとファイアウォールさんが「船長。それはやばいので開けないほうがいいっす、捨てましょう」と止める。

船長はどうするか。ファイアウォールさんのほうをだんびらで両断してしまうのである。つまり、お宝が見たくてしょうがないので「自らファイアウォールをオフにする」のだ。

どれだけファイアウォールの性能がよくなってもこれではお手上げである。まず、人間よりファイアウォールの権限を上にして、勝手に止めようとしたら、リアルファイアを出して愚かな人間を焼き払う機能をつけるべきだろう。

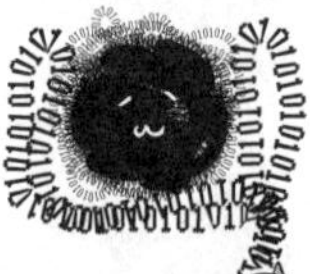

第21回 コミュ障にも使えるのか スマートスピーカー

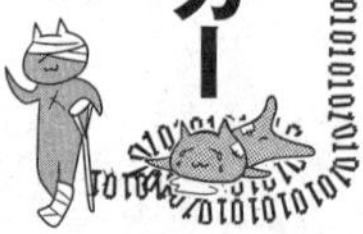

今回のテーマは「スマートスピーカー」だ。

ところで話は変わるが、世の中、主にネット上には「童貞を殺す服」と「ＢＢＡを殺す会話」というのがある。前者は今回関係ない。

後者は若者に好きな曲を言ったら「あっ私のお母さんもその曲好きです！」と言われたり、「私も実は古い曲が好きなんですよ！　バンプオブチキンとか」と言われたりするやつだ。しかし、これは半分くらいＢＢＡの鉄板自虐ギャグであり、こういうことがあるたびに「ツイッターでＲＴ稼げる話キター」とか思ったりしており、実際のところそこまで凹んでいないのだ。

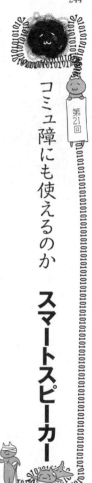

それよりも私が心の底からジェネレーションギャップを感じ戦慄したのは、調べものをするのに、スマホに話しかけている若者を見た時である。

初めて火を見た縄文人の如く、音声で検索できるシステム自体に驚いたというわけではない。さすがにそういう機能があるということぐらいは知っていた。ただ、人前で臆面もなく機械に話しかけるという行為自体が、あまりにも21世紀、平成生まれの所業だったため、「ＢＢＡにはできねえ」と無言で首を振って、もちろんＳＮＳにも書かなかった。

おそらく年代というより性格の問題な気もするが、とにかく自分には無理だと思い、それ以後も音声認識機器は一度も使用していない。

スマートスピーカーとは、そういった「話しかける系の機器」である。

「会話」するスピーカーに怒るタイプの人間

スマートスピーカーとは、無線通信接続機能と音声操作のアシスタント機能を持つスピーカー。人工知能（ＡＩ）を搭載しているスマートスピーカーはＡＩスピーカーと呼ばれることもある（引用：「スマートスピーカー」『フリー百科事典 ウィキペディア日本語版』）。

このスマートスピーカーに話しかければ、知りたいこととか、役に立つこととか、何か気の利いたことを返してくれる、というわけである。

人間と機械、どちらに話しかけた方が有益で正確な答えが返ってくるかはわかりきったことだ。しかしそれでも、無機物に話しかけるというのはハードルが高い。周りに人がいなければいい、というわけではない。むしろ無音の部屋に自分の台詞っぽい口調の声が響き渡ることを想像しただけで、「もう何もわからなくていい」と思ってしまう。

聞いたことにただ答えだけ単語で答えてくれるならいい。だが、人工知能を搭載しているスマートスピーカーは、まるで人間のように気の利いた返答をしてくれるという。質問だけではなく、怒れば謝り、褒めれば礼を言ってくれたりするそうだ。

いらぬ。

なぜ、当方が、仕事上でわからないことを、隣にいるパイセンではなくわざわざGoogle先生に聞いていると思っているのだ、会話がしたくないからだ。だが人とは会話なしではなかなか意思の疎通が難しいので渋々会話しているのだ。なのに何故、機械相手に会話しなければいけないのか。「コミュ障でも機械相手なら話せるでしょう、話し相手が出来て良かったですね、良い事しました」と思っているなら大間違いだ。

会話自体が嫌いなのだ。誰が相手だろうがしたくない。言いたいことは全部タイピングしたいと思っている、その結果がこのコラムだ。私に口頭でスマートスピーカーの説明をさせたら、「スマートスピーカーが……いやなんでもないっす」で終わるのだ。

一言も声を発したくないと思っている人間としては、スマートスピーカーほか音声認識システムには激怒の一言であるが、システム的には、そりゃそうなって行くだろうな、とは思う。

やはり、物事を知りたい時は会話が一番いいのだ。会話していく内に何を知りたいのかがより具体的に明らかになるので、相手も答えやすい。文字検索ではなかなかそうはいかない。

仕事の質問だって、Ｇｏｏｇｌｅよりは、そのパイセンが質問を無視してカレシの話でも始めない限りは、パイセンにした方が良い。また、いくらタイピングが速くても、言葉を発するスピードには勝てない。

恥ずかしさで小声になり
はい？
聞きかえされそう

よって、私が音声認識は嫌だ、タイピングがいい、と言っているのは、頑なに電卓を拒みそろばんを手放さない、一刻も早い定年退職が待たれるＢＢＡ事務員と大差ない、ということだ。

そう言えば、私の実家のトイレは長らく和式だった。何度か改修の機会はあったが、おそらく親父殿が頑なに和式を所望したからそのままだったのだと思う。だが最近、それがついに洋式になっていた。

つまり、私も齢七十を越えて、やっとスマホに話しかけるようになるかもしれない、ということだ。

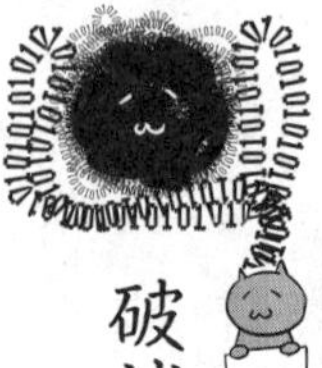

第22回

破滅への加速装置　仮想通貨

今回のテーマは「仮想通貨」だ。

仮想通貨と新時代の不幸

最近、漫画とかコラムとかソシャゲとかいろいろやりすぎていて、自分が何者なの

かわからない、という自我の崩壊を起こしているが、それでも本業は？　と尋ねられたら「エゴサーチャー」もしくは「他人の不幸ソムリエ」と答えるようにしている。

ソムリエと名乗るからには、舌が肥えていなければならない。腹がいっぱいになればいい、という貧乏男子大学生みたいなことを言っているようではダメだ。

上質の不幸とは何か、というと「自業自得」の純度の高さだ。他人の所業に巻き込まれた、運が悪かった、などの要素は、他人の不幸を味わう側にとって澱でしかない。

よって、ギャンブルや浪費による借金などは、ソムリエの舌を長きに亘って唸らせてきた。しかし、不幸の種類も時代と共に変わってきている。ギャンブルや浪費が古典芸能なら、二・五次元ミュージカルやスーパー歌舞伎みたいな、新時代の不幸も生まれているのである。

その中でも頭角を現しているのが「投資」である。特にＦＸで大損した話は、いまやギャンブルにまつわる不幸に引けを取らない人気だ。この仮想通貨も、用途はさまざまあるようだが、投資目的で購入する人も多いという。つまり、不幸ソムリエとしては「注目株」である。

仮想通貨とは、法定通貨に対して特定の国家による価値の保証を持たない通貨のこと（引用：「仮想通貨」『フリー百科事典　ウィキペディア日本語版』）。

どの国の通貨にも紐づかないWeb上で流通する通貨を「仮想通貨」と呼ぶそうだ。もちろん、実体はない。仮想通貨と一口に言っても今や種類がいろいろあり、個々に特徴があると思うのだが、ここでは一番有名と思われるビットコインを例に挙げよう。この「どの国の通貨にも紐づかない」、というのが、ビットコイン含め、仮想通貨のポイントだ。

たとえば、多国籍パブで知り合った女性から、「里帰りしたらママが病気になっていて、今すぐ手術しないといけない。助けて欲しい、愛している」、とメールが来たとしよう。

それならばすぐにでも助けなければいけないが、しかし相手が地元、仮にフィリピンにいるとしたら、日本円を振り込むわけにはいかない。まずは円をペソに換金し、それをまた海外の口座に振り込む必要がある。相当な手間、そして、手数料もかかる。

それがビットコインなら、インターネットさえあれば、すぐ送金ができるのである。

また、ビットコインは匿名での送金が可能だ。相手のビットコインのQRコード（送金先）さえわかれば、こちらの素性を明かさず送金をすることができる。あしながおじさん志望の人にはうってつけの仕組みである。これで、早急に彼女のママは手術を受けられるし、庭付きの家を建てることができる。

ただ、相手が「ビットコインで送って」とQRコードを送ってきたら、ママが病気の割には冷静すぎるという点は疑った方が良い。ついでに「愛してる」の部分も疑った方が良いかもしれない。

ビットコインと破滅への速度

これがどう投資になるかというと、ビットコインは価値が変動するのだ。つまり、株と同じように、安い時にビットコインを円やドルで買い、値が上がった時に売って円やドルに戻せば儲けが出る。だが逆に買った時より値が下がれば損が出る。

ビットコインは少額から買えるので無茶な買い方さえしなければ大損することはないという。もちろん、これは投資ならすべてにいえることであり、株もFXも、無茶さえしなければ、人生終わるほどの損はしないのだ。

しかし、少し儲けが出れば「もっと巨額投資しとけばよかった」と思うし、損が出れば「取り返さないと気がすまない」となってしまう。そういうタイプの人間が身の丈にあわない巨額投資をした結果、我々不幸ソムリエに「今年は出来がいい」とか「これは掘り出し物ですね」と言われてしまうのだ。

また少額であっても値動きはするので、当然だが損が出る可能性はある。だから、貯金のように、「利子はあって無いようなものだが、減りもしない」というものよりも、リスクがあるのは確かだ。

では、投資をするのは危険行為で、貯金をするのが利口かというと、そうとも言えない。何せ、我々は、老後もらえる金は確実に減るのに、寿命は延びているのである。よって、大して浪費などをしていなくても、「普通に働いていたら下流老人になる」と言われている。

それを免れるには、所得を増やすか、今から庭の草しか食わない、という生活をするしかない。しかし、仕事を増やすには限界がある。若くして過労死することにより、下流「老人」になることは確かに防げるが、その戦法は攻めすぎだ。よって、働きながら、他の収入を得るとしたら、投資が一番いい、というか、投資ぐらいしかできない人も多いのだ。

結局、投資をしなくても、突然破滅するか、ゆっくり破滅するかの違いなのかもしれない。

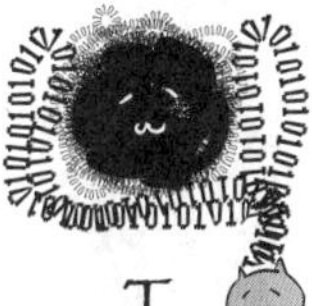

第23回

Twitterにもっと張り付け　バリュー・チェーン

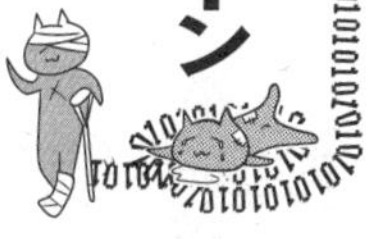

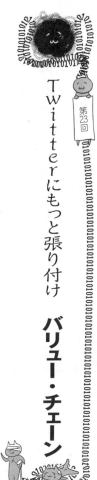

今回のテーマは「バリュー・チェーン」だ。

バリュー・チェーン（Value Chain）とは、元々、1985年にマイケル・ポーターが著書『競争優位の戦略』の中で用いた言葉。価値連鎖と邦訳される（引用：「バリュー・チェーン」『フリー百科事典 ウィキペディア日本語版』）。

このマイケル・ポーターという高名な学者がこれを提唱しだしてからというもの、企業の偉い人はこぞってこの「バリュー・チェーン」という言葉を使いたがるようになったという。

しかし、今まで私の会社員人生で、会社の偉い人がこれを使っているところは見たことがない。もしかしてみんな偉くなかったのだろうか。

ともかく意識が高い用語には違いないので、意識高い風に見せたい人は会話の端々に「これからはバリュー・チェーンを考えて行かないと」「それはバリューをチェーンしてないんじゃない？」と挟み込んで、尊敬されたりバカにされたりすればよいと思う。

どちらにしろ意味を知らなければ確実にバカにされるので、まずバリュー・チェーンとは何かを知らなければいけない。

バリュー・チェーンとは、企業の中での価値の流れのことを指す。例えば、製造業なら原料の買い付けから、ユーザーへの販売、アフターサービスまで、さまざまなプロセスがある。

そのプロセスごとに、どれだけコストがかかっているか、収益性がどれくらいか算出し、自社の強み、逆に改善すべきところは何かを分析することができる、というわけである。

原料部分の収益率が悪いなら、原料費を抑えてみたり、何故か総務に多額のコストがかかっているなら、そこに社長の愛人がいるのではと探ってみたりと改善が出来るし、逆に収益率が良い部分は強みなので、さらに伸ばす方向で動くことができる。

漫画家の活動における「価値連鎖《バリュー・チェーン》」

バリュー・チェーンは主に企業でやることだが、これは個人、また漫画家でもできるような気がする。

まず事業は「主活動」と「支援活動」に分けられる。漫画家で言えば、主活動は、まず取材などアイディアを練る作業、そのアイディアをラフで描くネーム作業、担当との打ち合わせ、作画、入稿、担当からの修正、校了、作品が発表されてからの宣伝活動、購買を促すための読者へのサービス活動などが挙げられる。

支援活動は、出版社など取引先とやりとりする書類の制作といった事務作業、アシスタントを雇うならその人事、スキルアップのための費用もそれに当たる。

これらの作業にかかるコストや時間を一つひとつ割り出していくわけだが、私の場合、「時間はツイッター」「コストはソシャゲのガチャ」に一番使っているという、主活動でも支援活動でもない行為に圧倒的比重があることが明らかになる。

企業で言えば「愛人部門にコストの9割が使われていた」という話だ。まず、それを全部主活動や支援活動に割り当てろということになるが、愛人や社長は間違いなくグズるだろう。それと同じように、私も全力でグズってツイッターの時間とソシャゲのコストを死守するに決まっている。

また、客観的に見れば、ネームや作画にかける時間が短いところは「強み」と言えるかもしれないが、その反面品質が悪くなっているので、ここにもう少し時間とコストをかける方向へ配分を変えた方がいいのではないか、という分析はできる。

しかし、何故それができていないかというと、「苦手だから」だ。この年で苦手を克服するというのは正直きつい。よって、改善すべき問題は別の所にあることにしたい。

ということで、「宣伝」部分に力が入っていないのが問題なのではないかと考える。つまり編集部側の問題である。「宣伝にかけるコストも時間もない」、と言われたら、それはもうこちらではどうしようもないことなので、「改善の余地なし」という結論がでる。

最近は、編集の方が「ツイッターで宣伝してください」と作家に言ってくる時代だ。「それはお前らの仕事ではないのか？」と言いたい気持ちをぐっと飲みこみ、言われた通り、一日48時間、ツイッターでの宣伝に励んでいるのである。構想や作画にかける時間がなくなってしまうのもやむなしだろう。

また、自分の強みは何か改めて分析したところ、「常時ツイッターに張り付いていること」だということが判明したので、バリュー・チェーンの趣旨にのっとるなら、ここはさらに伸ばす方向で行かなければならない。よって「もっとツイッターをする時間を増やす」ぐらいが良いのだ。

このように、分析というのは自分でやっても大体無意味である。最近は、外部コンサルタントなどに企業分析をしてもらう会社も多いと思うが、どれだけ正しく分析してもらっても、「部外者に何がわかる」と提案を突っぱねてしまうところも多いようだ。

結果を素直に受け入れる姿勢がなければ、バリュー・チェーンをいくら分析しても無意味である。

時流漂流

国内〝5千万非リア充〟のために、遂にカレー沢薫が立ち上がった！　日々ネットやテレビをザワつかせる「悲報」ニュースを、徹底した〝非リア充目線〟で分析。どのニュースコメンテーターよりも鋭い時事コラムがここにある！

第1回

発想が〝平成マイナス30年〟な「東京医科大の入試不正」

ついこの前、マイナビニュースでやっていたITコラムの連載が終わったような気がするが、装いも新たにビジネスコラムを書くことになった。体感としては1週間ぐらいしか経っていないような気がするが、三十過ぎてから時間の経ち方が雑なので、本当は3年ぐらい経っているのだろう。

さて、ビジネスコラムと言っても、ビジネス用語を解説するわけではない。そんなの前のITコラムと被るに決まっている。ビジネスに大切なのは時代遅れにならないことだ。よって当コラムは、最近話題になった話を、できるだけ腐らない内に、最悪「よく焼けばギリいける」の段階で取り上げていきたいと思う。

平成最後の夏、いろんな意味でアツすぎるニュース

そう思っていたのだが、急遽《きゅうきょ》NewsInsight編集部より、「他のことはどうでも良いから、今すぐこの話を書け」とメールがきた。

ご存じの通り、今、気温よりも不悪口《ふあっく》ｉｎホットと言われている「東京医科大の入試不正」の件である。簡単に言えば、女子受験者の点数を一律減点し合格者を減らしていたというものだ。

まさか21世紀にもなって、こんな古典的女性差別のニュースを聞くことになろうとは。さすが平成最後の夏、いろんな意味でアツすぎる。

もちろん、私に医大を受験して落ちた経験があるというわけではない。仮に受けたとしても「正当に採点した結果不合格」だろうし、身長より高い下駄を履かすか、他の受験者を全員抹殺しない限りは受からないと思う。

しかし、今回の件は東京医科大だけではなく「学校や、職場、いたるところで似たようなことが行われている可能性がある」と思わせるに十分な、日本に住む女の多くを絶望させるニュースだったのである。

あまりに陰惨な事件を目にすると、人は「俺様が住んでいる世界がこんなに酷いはずがない」という防衛本能が働き、目を逸らし、なかったことにしようとしてしまう。この事件も日本の女としては、正直、直視するのも辛い。

しかし、そうやって黙って目を逸らしていると「女はこの件にそんなに怒っているわけではないし関心がない」と世間にみなされるし、何故こんなことが起きたか詳細を知ろうとしなければ、いつまでも「拙者（とりあえず関係者を全員）コロ助ナリよ」という感情的な怒りから抜け出せない。

野蛮に野蛮で返していたら、世界はあっという間にマッドマックスだ。

東京医科大の「言い分」

まず、何故、東京医科大がこのようなことをしたかというと、関係者の弁では、「男が女より頭が良いと示したかったわけではなく、むしろテストの点通りだと女性の合格者が多くなるが、女性はどうしても出産や育児などで離職率が高く、そうなると周りの負担が大きくなる。よって男性医師の数が多い方が医療業界のためになる」、ということらしい。

これに関しては、妊娠や出産という、現在では揺るぎなく女にしかできないことをとりあえずの言い訳にしているだけという意見もある。確かに、これではあたかも、この世に「妊娠出産育児」以外の離職理由が存在しないかのようである。

しかし実際はそれらの理由より、「給料が安い」「あいつが気に入らねえ」など男女関係ないことで辞める人間の方が遥かに多いだろう。また当たり前だが、女だからといって必ず子どもを産むわけでもない。よって妊娠出産で離職するから女性医師を減らすというのは、理由としてはあまりにも弱すぎる。

やはり東京医科大側もこれだけだと弱いと思ったのか、「女性は遠方での勤務、外科のようにハードな現場を嫌がる傾向がある」「体力が男性よりない」など、他の言い分も出てきた。だがそれ以前に、どんな理由があろうと、高い受験代を払い、ガリ勉して臨んだ試験の点数を、裏で上げ下げしていいわけがない。

それだったら最初から募集要項に「女も受けて良いけど減点するよ」と明記しておくべきだ、そうすれば、女性受験者が激減し、不正など働くことなく大学の思惑通り男性合格者だらけにできたはずである。これでは受験料詐欺と言われても仕方がない。

平成マイナス30年の発想

また、先の「女は出産育児で辞める」という言い訳を聞くと、まるで「妊娠出産子育ては女特有の単独行為」のようだ、ワシらはアメーバか。

もちろん一人で出産という選択肢もあるが、そこには多くの場合男が存在しているはずである。今回の件に絶望して、男不在でナメック星人みたいに口からタマゴ産みてえ、と思った人も多いかもしれないが、現時点ではそれは無理だ。

よって、妊娠出産は無理にしても、育児に関しては女の復職が上手く行くよう男が子育てに積極的に参加する、そのために男が子育てに参加しやすい環境を作る、などの対策をすっとばして、単純に「女の医師を減らして男の医師を増やせば解決です」としてしまうのは、平成マイナス30年の発想である。

またこの事件は、男にとっても「俺たちは優遇されてて良かった」などという話ではない。むしろ全然優遇されていない。東京医科大の「女は結婚や育児など家庭を優先させるから使えない」という言い訳が本心だとしたら、同時に「男はプライベートや家庭など無視で、いかなる時も仕事最優先で使っていい」と思っている、ということである。

そんな世の中で、男がもし育休など取ろうものなら「男のくせに仕事より家庭を優先させるのは何事か」と言われてしまうのである。

つまり「女は一人で子育ての任を負い、その間男は社畜たれ」というのが我が国の現状である。

今回の問題は主に「女は妊娠出産するから使えない（だから合格者を減らす）」という女性差別だが、その根底には「男は便利使いしていい」という男性差別も潜んでいるのだ。

この件で「男は全員敵だ」と絶望してしまった女もいるかもしれないが、そんなことはない。私の知人が病院に勤めているのだが、そこの女医さんがあるとき妊娠した。制度としては産休も育休も十分にとって良いのだが、上司の「そんなに休みいる？　周りが大変なんだけど」という嫌味に負けて、最低限の産休で復帰してきたという。ちなみにその上司は女性だそうだ。

このように「子持ちの働く女にとって男は敵」ではなく「全員敵」なので安心していただきたい。ここだけは男女平等だ。外に出れば七人の敵がいるし全員侍、という、暗黒面に墜ちた黒澤明の世界である。

しかし「休まれると、周りが大変」はただの嫌味ではなく、事実ゆえに件《くだん》の女医さんも早々に復帰を決めたのだと思う。実際、「現場のことを考えると、東京医科大のやったこともわからないではない」みたいな現役医師のコメントも散見される。

つまり医療現場の状況は過酷で、医師他関係者のプライベートの犠牲で成り立っている部分が多い、というのも確かなようだ。だからと言って「プライベートを犠牲にしやすい男性医師の方がいい」というのもまた差別的だ。それより男女問わず無理をしなくて良い現場に変える方が先決ではないか。

そして、この件は男女差別以前に、「優秀な医者になり得た人が落とされ、そうじゃない人間が下駄を履かされ医者になっているかもしれない」というホラー案件でも

ある。東京医科大はこのスキャンダルの前に「役人の息子の裏口入学」でもすっぱ抜かれているので、怖がらない方が無理である。

この事件は海外からの関心も高く、フランス大使館には「そんな国捨てちゃって、優秀な日本女子はフランスに来なよ」というエスプリのきいた嫌味をかまされている。しかし、これはジョークではなく、本当に今回の件で、優秀な人材が海外に流れることも予想される。

日本から優秀な医者が減る、というのは「日本人全員の命」に関わることである。これほど男女関係なく「他人事」ではない事件もないのではないか。

第2回

魔法少女のノリで、「高プロになってよ」

2回目のテーマは「高度プロフェッショナル制度」、通称「高プロ」である。これは、6月29日に成立した働き方改革関連法の中の一項目だ。

「**生きてる奴は全員働け**」

まず働き方改革関連法とは、我々労働者が働きやすくするためのものなのだが、別に我々の身を慮っているわけではない。

ご存じの通り日本は少子高齢化であり、今後、深刻な労働力不足に陥ることが予想されている。それを解消するには、少子化の解決策を進めると同時に、「今いる奴には全員働いてもらうしかない」のだ。

そのため、現在の労働者や、今まで就業しづらかった女性や高齢者などが働きやすい環境を作ろう、というのが、おそらく働き方改革の真意である。頭数が足りないから「生きてる奴は全員働け」というのだから、ある意味戦前に逆戻りだ。

国の弁としては、「多くの女性や65歳以上が外で働きたいと言っているのだから、それに応えている」ということだ。だが、働くのが好きでたまらないと言う人は極少数で、何で働きたいかというと、働かないと食っていけないからである。

今「働きたい」と言っている人も、本当のところを言うと、できれば働きたくないのではないか。私は35歳にして相当働きたくないので、65歳過ぎたらその2倍は働きたくないと思うに決まっている。

「65歳以上でも働ける社会」以前に「65歳以上でも働かないと餓死する社会」であり、そうしないと国の存続すら危ういのである。

解散しそうなほど遠く感じる「高プロ」の罠

働き方改革の中でも、「残業時間の上限を定める」とか、「正規、非正規の格差をなくす」などの動きはわかるが、「高プロ」については「聞いたことがあるが良く知らない」、という人も多いのではないだろうか。

まず「高プロ」とはどのような人に適用されるかというと、専門的技術を有する、年収約１０００万円以上の人である。ここで多くの人が「関係ない、解散！」となってしまうと思う。私も会社員時代の年収が２００万円程度だったため、二度と再結成しないほど解散してしまった。「高プロ」があまり知られていないのは、この解散率の高さのせいかもしれない。

関係ないのは百も承知だが、一応この「高プロ」こと「高度プロフェッショナル制度」とは何か確認した。先の条件から「高プロ」にあたる人には、労働時間の規制がない（1週間40時間の原則もない）、休憩時間を与えなくていい、残業代や深夜割増分を払わなくて良いという制度である。

もしかして、年収１０００万稼いでいる奴への嫌がらせ制度なのだろうか、と思うが、健康確保措置として「年間１０４日以上、かつ、４週間で４日以上の休日を与えること」になっている。これは一見多いように見えるが、多額の散財を日割りにして安く見せるテクニックの逆で、実際は盆正月祝日抜きの週休2日程度だという。

ここでさすがに、制度を作った側も「高プロさん死んじゃうんじゃね？」と気づいたのか、他にも「勤務間インターバル制度と深夜労働の回数制限制度の導入」「労働時間を１ヵ月又は３ヵ月の期間で一定時間内とする」「1年に1回以上継続した２週間の休日を与える」「時間外労働が月80時間を超えたら健康診断を実施する」という、４つの健康確保措置がある。

これらの措置で「高プロ」さんの命は助かったように見えるが、なんと企業はこのうちの一つを選んでやればOKらしい。おそらく、一番会社にとって楽な「健康診断」を選ぶところが多いのではと言われている。

しかも、「時間外80時間働いたら健康診断」の続きがない。これでは「受けさせたらまた働かせていい」になってしまう。それなら「80時間働かせたあと点滴を打つ」の方がまだ具体的だ。

「今日からお前は高プロ」

一体この制度に何の得が、と思うが、労働時間の規制がない、ということは、仕事が終わったらさっさと帰ることも可能ということだ。報酬が時間に左右されることもなく、生産性が上がり、残業代がないのだから無駄な残業が減る、との意見もある。だが、そのメリットよりも、会社が「能力のある人を定額使い放題」状態になることが懸念されている。

そうは言っても、何せ対象が年収1000万円以上である。通ろうが通るまいが、自分には関係ない、と思っている人も多いと思う。しかし、これは他人事ではない。もちろん「年収が1000万以上になってしまう危険性がある」ということではない。

「高プロ」の定義自体が変えられ、年収はビタイチ上がっていないのに、知らない内に「高プロ」になっているかもしれないのだ。

現時点でも「高プロ」の定義はあいまいで、年収約１０００万円というのも確定ではなく、条文の中ではざっくりまとめると「平均給与の3倍以上」と、かなり緩く書かれている。そのため今後確実に基準額が下がると予想されており、過去に「残業代ゼロ」が検討された際に出た「年収４００万円」で高プロにされる可能性があるとの指摘もある。

つまり、突然「魔法少女になってよ」のノリで「今日からお前は高プロ」となってしまうかもしれないのである。
今関係なくても、今後関係が出てくる人もいるだろう。私は、会社員の当時は年収２００万円で現・無職なので、それでも全然関係ないのだが。

第3回

〝大人〟が18歳から始まる「成人年齢の引き下げ」

２０２２年4月から成人年齢が引き下げられ、18歳から「成人」になることが決定した。

もう、18歳から成人になってなかったか？　と思ったが、アレは選挙権の話だった。いかにこのニュースへの関心が薄いかがわかる。

だが何せ、当方２０２２年にはすでに「2回目の18歳の誕生日」を迎えた後である。深い関心を示せと言う方が無理だ。どちらかと言えば成人年齢を五十まで引き上げて欲しい。そうすれば、あと10年は「40歳児」として大目に見てもらえる。

では、当事者である２０２２年以降18歳になる少年少女らがこのトピックに大きな関心を寄せているか、といえば「そうでもない」という印象だ。何故なら「飲酒、喫煙、馬券などの購入」に関しては20歳解禁が据え置きなのである。この時点で、意識が標準以下のティーンは「意味ねえじゃん」と解散してしまいそうだ。

酒、タバコ、ギャンブルがやれない時点で何もできないのと同じな気がするが、じゃあ一体何ができるんだよ、というと「携帯電話や車の購入契約ができる」「ローンを組める」「民事裁判が起こせる」「性別変更申し立てができる」などが挙げられる。もちろん先だって法改正された選挙権もある。

それなりに、18歳でできることは増えるのだ。

成人繰り上げ、何のため？

これに関しては、海原雄山が「馬鹿どもに車を与えるなっ!!」とブチ切れたのと同じノリで反対した人もいた。18歳などという、まだ判断力に欠ける子どもにそれらの権利を与えたら、悪党の餌食になるだけである、という懸念である。

年齢による判断力の有無を争点にしてしまったら、「古希を超えたあたりから徐々に権利を奪う」ことも同時に検討しなければいけない気がするが、18歳にこれまで以上の権利を与えたことで、起こる問題も当然あるだろう。

もちろん、老獪な18歳もいれば、天真爛漫な48歳もいるので、必ずしも判断力が年齢に比例するとは限らず、騙される奴はいくつになっても永遠に騙される。だが、逆に言うと、そういう騙されやすい奴が2年も早く騙されてしまうと言うことだ。

つまり18歳を成人と見なすことにより「騙され人口が増える」、簡単に言えば「犯罪被害が拡大する」ことが懸念されているのだ。そのため、消費者契約法も一緒に改正して、「言い寄ってきた異性にツボを買わされる」などの不当な契約を取り消せるようにするという。

とはいえ、当然だが、携帯や車、ローンの契約が親の許可なくできる、ということは、その契約に対する責任は18歳であっても本人にあるのだ。つまり18歳の権利が増えた、というよりは「責任が重くなった」と言った方が良いだろう。

「どこから」が大人か

そもそも、政府が18歳を成人にしようとした目的は「若年者の社会参加を早めるため」つまり「早いところ社会人としての責任を感じてもらうため」である。

日本人の寿命が40年ぐらいしかなかった頃は、ボヤボヤしてたらすぐ死ぬので、早めに大人として扱う必要があったと思うが、無駄に100年とか生きる今になって、何故大人認定を早めたかというと、ご存じ少子高齢化問題である。

近い将来、深刻な労働力不足になるのはわかっているので「とっとと社会的戦力になってもらわないと困る」のだ。先の戦争を越えて、15歳頃で元服だった江戸時代にまで戻りそうな勢いだが、そのぐらい今の日本は逼迫《ひっぱく》しているということだろう。

だが、有能な人材を作り出すためには、長い時間がかかる教育も必要なので、「一秒でも早よ社会へ」という動きは国をさらに衰退させる気がしないでもない。また、年金納付義務は今後も20歳からで据え置きだが、近い将来に18歳からも徴収するため、今回成人年齢を引き下げたのでは、という見方もある。

しかし、現在でも信用ゼロの年金氏である。数年したら「年金がもらえるとか都市伝説」というレベルになっている可能性は十分ある。よって、年金を18歳から払わせることにしたとしても、未納者、免除者が増えるだけか、免除制度を知らないその親が無駄に払うだけ、とも言われている。

その他の改正点としては、今まで婚姻は男子18歳、女子16歳で可能だったが、男女ともに18歳で可能となる、つまり両者とも「成人後、婚姻可能になる」ということだ。これに関しては「少子化改善のため、早く子供を産んでもらうよう、女は14歳から可能にしよう」とならなくて、心から良かったと思う。

また、まだ検討中ではあるが、従来では、18歳が罪を犯しても未成年者として実名報道されることはなかったのに、法改正後は「本名顔出しNG」とはいかなくなる可能性もあるそうだ。そうなれば、バッチリ世間に罪と顔と名前が公表されることとなる。よって今回の改正は「少年犯罪抑止」にもなる、と言われている。

しかし、ニュースをつけると、20歳以上の御仁が、ガンガンに法を犯して顔と実名を曝すという雄姿を連日見ることができる。おそらく彼らは、自分たちが捕まったらこういうことになる、と知らなかったわけではないだろう。知らなかったとしたら、早く社会に出すことより「もっと教育期間を延ばす」ことを考えた方が良い。

このように、未成年でも、やらかさない奴はやらかさないが、「やらかす奴はいくつになっても一生やらかす」。「どこからが大人か」という論争は、そういう永遠の3歳児がいるかぎり、結論が出ない気がする。

第4回

ガチャ並みの大博打になっている「保育所不足問題」

今回のテーマは「保育所不足問題」である。

「保育所ガチャ」が実装されている国、日本

保育所不足と言えば２０１６年の「保育園落ちた日本死ね」騒動が記憶に新しいのではないだろうか。言葉のチョイスが若干ロックすぎて賛否両論を引き起こしてしまったが、そんなオブラートに包まなすぎな文章だったからこそ切実さが伝わり、大きな話題になったとも言える。

もし私みたいなのに書かせたら、「日本おタヒりになられた方がよろしいのではないかと思わなくもないような気がする」等のフニャフニャ文章になって、何にも伝わらなかっただろう。

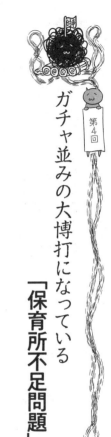

今までのコラムでも再三言ってきたが、日本は深刻な少子高齢化により、年金や労働力不足などの問題を抱えている。それを打開するために、国はまず少子化の改善をめざしており、そして働ける奴は老いも若きも全員働いてくれと言っているのだ。

しかし「保育所不足」というのは、その両方を頓挫させる話である。

まず、子どもを産んだは良いが預けられる保育所が見つかるかどうかわからないという「保育所ガチャ」が実装されていて、それに挑むのが常識になっているのがすごい。いきなりギャンブルである。この時点で、慎重な人は「やめておこう」となってもおかしくない。

それを押して「大博打の始まりじゃあ！」と「真田丸」の草刈正雄並の気合いで子どもを産み、「保育所落ちた、頼る実家などもない、困った」という状況になると、「なぜそうなる可能性があるとわかっていたのに、ちゃんと準備をせず子どもを産んだのか、自己責任だ」と、少子化に直接的貢献をした人に対し、まるで貧乏人が無計画にぜいたく品を買ったかのような責め方をするのがこの国である。これは「半分、青い。」級の「死んでくれ」が出てもおかしくない。

「子どもを持つと生きづらくなる国」というイメージ

少子化の一番の原因は、価値観と選択肢が多様化したためであろう。よって、どう頑張っても「大人になったら結婚して子どもを産むこと」が当たり前だった時代まで出生率が戻ることはないだろうが、それとは別に、上記のような「この国で子どもを作ったらひでえ目に遭う」というイメージがあるのも問題な気がする。

日本というのは、保育所はないわ、ベビーカーは舌打ちされるわ、育休取ろうとしたら机に花置かれるわ、妊婦が外に出ようものなら、腹にローリングソバットを食らう国なのだ。

もちろんこれは、私がインターネットの中でも地獄中の地獄であるツイッターに一日64時間張り付いているが故の偏見なのだが、こういった「子どもを持つと生きづらくなる国」というイメージが日本にあるのは確かなのである。

イメージ、というのは大事だ。世の中、「絶対子ども作る勢」と「作らない勢」だけではできていない。「どっちでもいい勢」からすれば、「良さそうな方」を取りたいものだ。

そこに「子どもを持つとこんな嫌なことがありますよ」と地獄のモデルケースばかりを見せられたら、「やめておこう」となってしまうだろう。今の日本は子どもを持つことによる良い例より、悪い例の方が目立っているのだ。

そんな地獄例の一つが、冒頭の「保育所不足問題」である。何故そんなに子どもを保育所に預けて働きたいか、というと理由はさまざまにあるだろうが、多くが「生活のため」。つまり、保育所が見つからない＝働けない＝貧困という、凄まじくわかりやすい地獄が展開されてしまうのだ。

「やってられるか」と言わせてしまう保育士の現状

先述の通り、「少子化解消と労働力の確保」に対しこの「保育所不足」は相反しすぎなため、国も保育所不足解消には乗り出しているようだ。施設自体の不足も原因の一つだが、「保育士の不足」が大きな問題になっているという。

だが保育士の資格を持っている人が少ないのか、というとそうではなく、資格は持っているが保育士の仕事をしていない「潜在保育士」が約76万人もいるという。

何故、資格を持っていながら保育士をやっていないか、というと理由は諸般あるだろうが、「やってられるか」となってしまった人が多いのでは、と目されている。

何故なら、保育士という仕事は、アレルギー、発達の遅れ、身体・精神障害など広範な医療的ケア、長時間保育など、昔よりも求められることが格段に増えているのである。しかし、給料は変わらない。つまり「給料が安くてきつい仕事」になっているのだ。そのため、一度保育士になっても、その割の合わなさから保育士業界から離れてしまう人が多いのではと言われている。

単純に、保育士にその業務に見合った給料を支払えば、状況は改善するだろう。だが、これから子どもの数は確実に減ると言われているのだ。保育所の運営自体、景気が良い状態とは言いがたいだろう。少なくとも、個々の園の力で保育士の待遇を改善する、というのは不可能な気がする。何にせよ「保育所不足問題」は、国の施策なしでは解決しない問題だ。

ともかく、生まれた瞬間、一世一代の大博打が始まったり、「運よく近くに面倒を見てくれる親がいる」などの〝選ばれし者〟にしか余裕を持って育てられないというイメージが日本にあるうちは、少子化改善は難しいだろう。

あの地獄のツイッターさんで、連日「まだ子ども持つのが大変とか言ってるの？」などという煽りが見られる国にならなければいけない。

第5回

「ストロング系チューハイ」、なぜ人気？ 愛飲者が理由を分析

今回のテーマは「ストロング系チューハイ人気」だ。

ストロング系チューハイの「強さ」とは？

この時点で「おっ俺たちのストロングゼロの話か」と身を乗り出してしまっている。これは、ギャンブル依存症の人間のダイイングフィッシュのような目が、お馬さんの話になったとたんプリズムのように輝き始めるのと同じ原理である。

ここ1年ぐらいで、サントリーのストロングゼロを筆頭に「ストロング系チューハイ」が爆発的に広まってきている。「俺のところには広まっていない」というのなら、それで良いし、新たに興味を持つ必要はない。むしろそのまま「ストロング系チューハイが関係ない世界」にいることをお勧めする。

昨年末など、「ストロングゼロ文学」という大喜利ネタがツイッターで流行ったほどだ。ググってもらえればすぐ出てくるが、「ストロングゼロ文学」とは、簡単に言えば有名な小説などの一文に、突然ストロングゼロをぶち込んで、すべてどうでも良くさせる、というものである。

意味不明に聞こえるかもしれないが、これ以上ストロングゼロの特性を説明している大喜利は存在しない。酒として美味いとか不味いとかの問題ではない。この「どうでも良くさせる」力こそが、ストロングゼロをはじめとしたストロング系チューハイがウケた理由である。

上記はあくまで個人の感想だが、大多数の個人の感想でもある。何故なら、ストロングゼロに関して「味がいい」と言っている人はあまり見かけないからだ。私も味に関しては「アルコール汁」としか思ってないし、美味い液体が飲みたいなら「ファンタグレープ」という神の雫を飲む。

では、何故そんな大して美味くもないものを好んで飲むかというと、何度も言うが「飲むとすべてどうでも良くなる」からだ。激怒したメロスもストロングゼロを飲んだ瞬間、何に激怒していたか忘れてしまうのである。

私も、昨年末に大喜利などでストロングゼロの評判を聞きつけ、試してみた者の一人である。ストロング系の何がストロングかと言うともちろんアルコール度数だ。

標準的なストロング系チューハイの度数は9％である。ストロングでないチューハイのそれよりは高いが、他にも度数の高い酒はいくらでもある。だが、ストロング系チューハイはとにかくすぐ飲めて、酒の回りが早く、あっという間に「すべて忘れてイイ感じ」になれてしまうのだ。

当然、良い事も悪い事も全部忘れてしまうのだが、今の世の中悪い事の方が圧倒的に多いため、ストロングゼロを飲むと「トータルで幸せになれる」のである。

「遊びではない」飲用の副作用

さらに言えば、ストロング系チューハイがウケた理由はその安さだろう。スーパーに行けば100円程度でロング缶が買えてしまう。

ストレス解消の方法は他にもあるし、金をかければいくらでも解消できる。しかし、そんな金銭的余裕がある者ばかりではないし、むしろ金がないことがストレスなのだ。それが100円程度で解消してしまうのである。ストロングゼロが「飲む福祉」という異名で呼ばれるのも納得である。

このように、コスパ最高リピ確定な、ストレス社会の救世主と言っても過言ではないストロング系チューハイだが、もちろん良いことだけではない。他の酒がそうであるように、ストロング系チューハイも飲み過ぎると体に悪いし、アルコール依存症になる恐れもある。

特に「飲むと楽になる」という理由で飲んでいる人間はあっという間に「ストロング系チューハイを飲まないと人と話せない、仕事に行けない」というところまで行ってしまう。

私もストロングゼロを「楽しさ」目的で飲んでいた人間だが、徐々に飲む量が増え、「このままでは問題を忘れるために飲んでいたストゼロのおかげで新しい大きな問題が起る」と察知したので、一旦飲むのを止めた。大体、自分は無職なので、ストゼロを飲んでまで行かなければならない仕事や、話さなければいけない人間もいないのだ。

しかし、ストゼロが有名になってから、各社競い合うように、ストロング系チューハイを出しているし、最近ではアルコール度数12％という、さらなるストロング系商品が生まれている。

どうも、世の中全体が「問題の解決」より「解決できないから問題を忘れる」方向へシフトしているように思えてならない。実に私向きの社会だ。むしろ、やっと時代が俺に追いついたと言っても過言ではない。

ちなみに、これは別の媒体の担当の言だ。

「ストロングゼロは酒ではないです。ストロングゼロは、ストロングゼロを飲まなければやってられない人が飲むものです、遊びではないのです」

遊びではなかったのか。少なくとも、ストロング系チューハイが他の嗜好品と一線を画した存在であることは確かだろう。

最初は遊びのつもりでも、気づいたら地獄の果てまでついて来ているという、さそり座の女みたいになる可能性はある。

手を出す時は注意が必要だ。

第6回

台風の日、「会社に行くか、行かざるか」

今年は本当に災害が多かったし、またも台風が発生しているという。被害に遭われた方には心からお見舞い申し上げる。

もちろん一番大変なのは甚大な被害のあった地域だが、災害には「影響はあるが、そこまでではない地域」というのも広く存在するのだ。

そんな地域に住まう人間をいつも悩ます問題がある。「会社に行くか、行かざるか」だ。

台風の日の会社、歩いて行くか、泳いで行くか

諸外国から見れば完全に「休の構え」な天候でも、日本人からすれば「審議の余地あり」なのである。そして重要な判断基準の一つが、「電車が動いているか否か」

だ。行く意志はあっても到着する術がないなら仕方がないので、安心して「休む」という決断ができる。

その段階になっても「台風の会社、歩いて行くか、泳いで行くか」と考える、通勤より通院を考えた方が良いレベルの方もいらっしゃるが、インフラ関係の仕事でもしていない限り、多くの人間は交通機関がストップした時点で出社を諦めると思う。

よって、災害時の交通機関の運休というのは、できるだけ早く決めて欲しいものなのだ。何故なら、出社時に電車が動いていたら、退社時にはもう運休しているとわかっていても、出社してしまうのが日本人だからである。何故と言われても困る、「それが俺たちだから」としか言いようがない。

そうなると、当然「帰れない」帰宅難民が大量に生まれたり、駅員が殴られたりと良いことが何もない。だからこそ、出社時刻の時点で、電車には止まっていただきたいものなのである。

そんな社畜どもの切なる願いを受け入れたのかどうかはわからないが、JR西日本は9月4日に本格上陸すると見られた台風21号の影響を考え、9月3日昼の段階で、4日の京阪神エリアの一部列車の運転取り止めの決断を下した。

この判断に対しては、「JRが先陣を切ってくれてありがたい」「私鉄も早く諦めろ」と「災害時の切りこみ隊長」として概ね「英断」と好評価である。

「行けなくはない」という状況だと、「帰れなくなるのを承知でギターケースに夢だけ詰めて、片道切符を握りしめ東京行きの電車に飛び乗ってしまう」国民性を持つ我々にとって、強制的に「行けない状況」を作ってもらえるというのは大変ありがたいことなのだ。

台風時の対応でわかる大切なこと

だが、電車の運休など待たずとも、会社が一言「台風だから来るな」と言えば済む話でもある。会社が統一指示を出さないから、社員は個々の判断で「来てしまう」のだ。

実は、この「社員各々の判断に任す」というのが一番良くない。台風でも全員出社してきたという訓練された農業施設もあるだろうが、各々の判断に任せると、どうしても出社する社員と休む社員に分かれてしまうだろう。

つまり「どうせ帰れなくなるから出社しなかったクレバーな社員」と、「出社したが停電でろくに仕事もできなかった上、当然帰れなくなって駅のホームで棒立ちしている社員」に分かれるのだが、何故か会社から評価されるのは後者だったりするのが日本なのである。

それどころか、前者は「あいつは出社してきたのにお前は休んだんだな？」とあとで嫌味を言われかねない。我々日本人が、災害時でも会社に行ってしまいがちなのは、「どうしてもやらねばならぬ仕事がある」というよりは、「みんな行ってるかもしれないのに、自分だけ休むわけにはいかない」という意識があるからだ。

つまり、台風の日に会社に行って一体何をするのか、というのは問題ではない。「出社することに意義がある」という、参加することに意味がある小学校の運動会状態なのである。よって運動会のように、主催者である会社に「雨天中止」と言ってもらえれば、心やすらかに休めるのだ。

ＪＲ西日本が早々に運休を決めたことが讃えられたように、会社としても災害時に出す社員への指示で会社としての度量が知れてしまうのである。

中には台風だというのに社員に出社させた上、「電車が運休した時点で帰宅指示を出します」と言って、「俺の会社はダメだ」と社員を絶望させたところもあるという。

このようなことがあるから、「停電が多いと出生率が上がる」（理由は割愛する）と同じように、「災害時の会社の対応で辞意を固める」社員は多いらしい。

もはや、災害時というのは、会社が社員の忠誠を試す場ではなく、会社がどれだけ社員の身を慮っているかを見極める場と言っても良い。

本心はどうあれ、こういう時こそＪＲ西日本のような英断をキメて、「さすが弊社！　他社にはできないことを平然とやってのける！」と社員をシビれさせて、さらなる社畜に育成した方が効率的ではないだろうか。

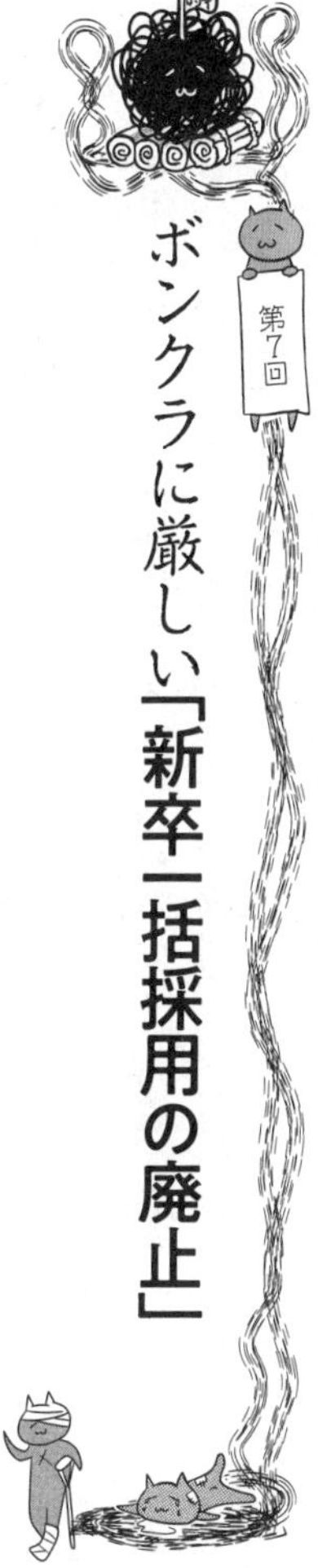

第7回

ボンクラに厳しい「新卒一括採用の廃止」

今回のテーマは、新卒一括採用のルール廃止についてだ。

「経団連の中西宏明会長が、２０２１年春以降に入社する学生への会員企業の採用活動に関し、経団連が定めている面接解禁などの統一ルールを廃止する意向を表明した」（時事通信）

だ、そうだ。しかし、田舎の専門学校卒としては、ルール廃止以前にルールがあったことすら知らぬのである。金的以外なんでもありかと思っていた。

よって、まずは現在の統一ルールとやらについて知る必要がある。ただし知ったところで、廃止される予定だが。

新卒一括採用の現状

まず日本には、新卒一括採用という独自の風習がある。企業が卒業予定の学生（新卒者）を対象に毎年一括して求人し、在学中に採用試験を行い、内定を出し、卒業後すぐに働かせるというものだ。

この新卒一括採用の際、企業側の「選考活動」の解禁が6月1日、というのが、廃止しようと言われている統一ルールだ。企業はその日まで「面接」など、採用者の選考をしてはダメということである。

だが、6月1日までに選んじゃダメなはずなのに、今年6月1日までの大学生の就職内定率は68・1％になっているそうだ。

つまり、廃止する以前に、このルール、すでにシカトされまくっている。現に、先の記事によれば、２０１９年春の採用に関する事前調査で、今年5月までに面接を行う答えた企業が8割超、内定を出すと答えた企業が7割近くに達しているそうだ。

こっそり6月以前に選考しているのかと思いきや、もはや堂々たる無視っぷりであり、選考どころか、もう6月には内定しちゃっているのである。このように、すでにあってないような物なので、このたび正式に廃止しようという声が出た次第である。

就活ルールの廃止で広がる「差」

それに対し、「だからと言って、金的含め『何でもあり』になるのは困る」という声も上がっている。

形骸化しているとはいえ、まったくルールがなくなると「どれだけ早く採用者を決めてもいい」ということになってしまい、人気企業が早くに選考を始めたとしたら、優秀な人材はその企業に取られて、遅い企業が選考を始めるころには「じゃない新卒」しか残ってない、ということにもなり得る。逆に、人気企業が遅くに選考を始めると、すでに内定を決めていた新卒が人気企業のほうに行くため、結局内定を蹴られる、ということにもなる。

また学生にとっても、一応の選考活動期間の定めがないと、どんどん早くから就職活動を始めなければいけなくなり、就職活動は長期化していく恐れがある。最悪、

「大学で勉強していた時間より、就活していた時間の方が長い」という、会社で例えるなら「営業で採用されたのに、社内でコピー機の修理をしていた時間の方が長い」という本末転倒が起こりかねない。

そもそも有能な人材というのは教育から生まれるのに、「就職活動が、優秀な人材になり得たかもしれない学生から学習の時間を奪う」のでは全く意味がない。このように、採用活動のルール廃止は、学生の大きな負担になるのではと懸念されている。

当の学生自身はといえば、「期間を決めてくれた方が準備しやすいので、きっちり決めて欲しい」という反対の意見もある一方、「就活期間が長いほど落ち着いて就活できるんじゃないっすか、知らんけど」という、賛成の意見もあるといった感じだ。

しかし、「時間さえあればやれる」と言っている奴は、与えられた時間の分だけうすらぼんやりするか、逆に「こんなに時間がある」と油断してさらにダメになるに決まっているので、このルールの廃止で、意識の高い学生と低い奴の差はさらに広がると予想される。

ルール廃止で困るのは誰？

また、この採用活動ルール廃止は「新卒一括採用」という風習自体をなくすためだ、という意見もある。

この「新卒一括採用」というのは日本にしか見られない採用形態であり、それも戦後に確立された、比較的新しいものだ。能力に拘らず初任給からスタートし、勤続年数によって昇給していくというシステムだが、現代日本では、何年勤めていても給料が上がる保証がない。そのため、このままでは外国人材をはじめ、優秀な人材を集めるのは難しいと言われている。

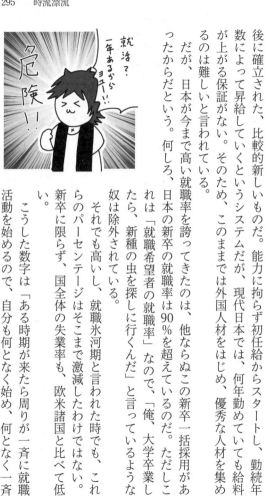

だが、日本が今まで高い就職率を誇ってきたのは、他ならぬこの新卒一括採用があったからだという。何しろ、日本の新卒の就職率は90％を超えているのだ。ただしこれは「就職希望者の就職率」なので、「俺、大学卒業したら、新種の虫を探しに行くんだ」と言っているような奴は除外されている。

それでも高いし、就職氷河期と言われた時でも、これらのパーセンテージはそこまで激減したわけではない。新卒に限らず、国全体の失業率も、欧米諸国と比べて低い。

こうした数字は「ある時期が来たら周りが一斉に就職活動を始めるので、自分も何となく始め、何となく一斉に採用されている」という新卒一括採用制度があったからこそらしい。つまり、そんなに主体性のない学生でも、周りの流れに乗って就職していけたのである。

これが期間の定めなしになり、各々フリースタイルでやれ、ということになったら、流れに乗っていた勢が一斉に迷子になる恐れがある。

なんにせよ、「ますますボンクラに厳しい世の中になる」のは確かなようだ。

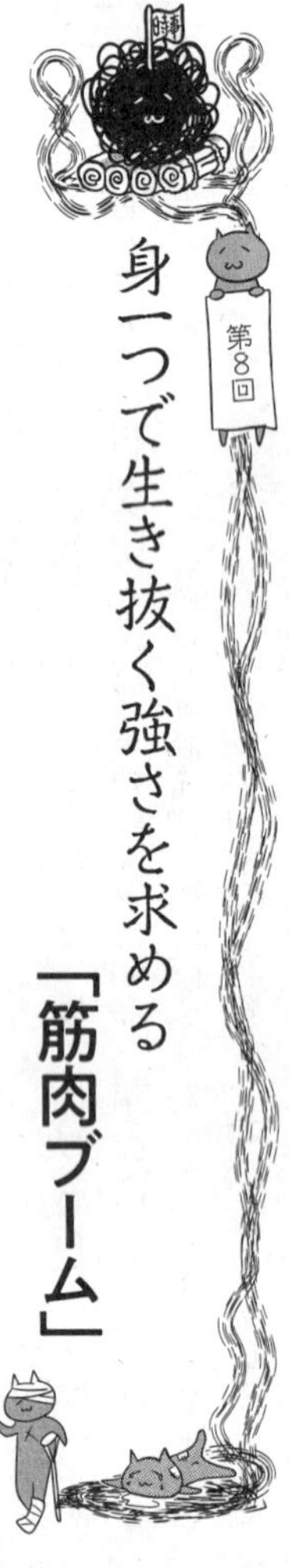

第8回 身一つで生き抜く強さを求める「筋肉ブーム」

空前の筋肉ブームだそうだ。

以前から、ネットなどで筋肉崇拝者は増加傾向であったが２０１８年になってから特にそれが顕著であるという。

それは、先日ＮＨＫが突如放送した「みんなで筋肉体操」の人気を見てもわかる。

「みんなで筋肉体操」とは、5分間の筋トレ番組であり、今でもYouTubeで動画が見られる。

　なぜこの番組がそこまで注目を集めたかというと、まずモデルとして筋トレをするメンバーが異色なのだ。モデルは3人いて、センターを務めるのが俳優の武田真治。テレビをほとんど見ず芸能人に疎い私でも知っている人物だが、彼がちょっと目を離した隙にマッチョになっていたことは知らなかった。

　そのサイドにいるのが小林航太。職業は弁護士、しかも東大卒と、婚活サイトでも釣りを疑われるレベルのスペックであり、その上筋肉である。その筋肉を生かしコスプレイヤーとしても活躍しており、私の好きなFGOのキャラのコスプレをしている写真も見られるが、その肉体美ゆえにまあ完成度が高い。こういう、天に二物も三物も与えられている人間がいるから、ゼロ物で生まれてくる奴が出て来てしまうのである。

　最後に村雨辰剛。気づいたらこちらの胴が真っ二つになっているような居合切りの達人（ジジイ）を彷彿とさせる名前だが、日本に帰化した金髪の元スウェーデン人であり、職業は庭師だ。このように、3億倍に希釈しないと、とても飲めない濃いメンツなのだ。

　しかし、筋肉体操が注目を集めたのは、ただキャラが濃い人間を集めたという点ではない。これだけ「くわしく話を聞いてみたい」メンバーを集めておきながら、3人は一切喋らず、ひたすら5分間、筋トレをするだけなのである。喋るのは指導している近畿大学の谷本道哉准教授だけだし、言うまでもないだろうがこの人もムキムキだ。

一見すると「キャストの無駄遣い」に見えるが、これが逆に番組の信用性を上げている。何故ならこの番組のキャッチフレーズは「筋肉は裏切らない」であり、あくまで主役は筋肉なのだ。

そんな筋肉様を差し置いて、やれ武田真治とか弁護士とかスウェーデン庭師だとかいう枝葉にスポットライトを当てたら、「フェイク番組」と言われても仕方がない。むしろ、「筋肉」をテーマにしたら、勝手に弁護士とか庭師とか武田真治が集まってきたという風情なのである。

反響を受けてNHKは、「みんなの筋肉体操」続編を検討していると発表したという。やはり「筋肉は裏切らない」のだ。

筋肉、この「自分磨きの終着点」

では、なぜ世の中の関心が筋肉に集まってきたかというと、突発的な現象ではなく、「いろいろやってみた結果、最終的に筋肉に行きついた」のではないかと思う。私も、今より若い時は、美容ダイエット、自己啓発とかいろいろやってみた。人によっては、ここに英会話や留学、パワーストーンなどが入ってくるだろう。

そして、それらすべてに失敗した現在、私も世間と同じように「やっぱり筋肉だよな」という結論に見事着地している。正確には、筋肉だけではなく、健康、何より「体力」だと思っている。

今まで意識していなかったが、何をするにもまず体力がいる。苦しいことはもちろん、楽しいことですら、体力がないと「楽しい」を「疲れ」が凌駕して楽しめなくなるし、逆に体力があれば「長く楽しめる」のだ。

このように、世の中全体が迷走に迷走を重ねた結果、「やっぱ、まず体が丈夫なことからすべてが始まるのでは」という原点に戻ったのが今なのではないだろうか。

また、「他人をアテにしちゃダメだ」という風潮もこの筋肉ブームに一役買っている気がする。

今、筋肉は男だけのものではなくインスタなどでも「#腹筋女子」というタグが流行っているそうだ。これまで、女性向け筋トレと言ったらシェイプアップ目的が多かったが、現在では本当に腹筋を割るのが目的で、最終的にカヅキパイセンの剣撃を腹筋で跳ね返すところまで行こうとしている女子が増えているようだ（注：「カヅキパイセン」は『KING OF PRISM by PrettyRhythm』〈2016年公開〉の登場キャラ)。

今でも昔と変わらず、「自分磨きをしてハイスペ男と結婚しよう」という風潮はなくならないが、同時に「男(他人)の稼ぎをアテにするのではなく、自分が稼げる女になるための自分磨きをすべき」という考えも浸透してきている。

生活力だけではなく、肉体的にも「自分自身が強くなる」ことを考える者が増えてきたのではないだろうか。

世間には、「女で一人は大変だよ?」と独り身の女を脅す人がいる。確かにどれだけ経済的に自立していても、自分の金で買ったキャビアのビンの蓋が開かないなど、意外なところで男手のなさが痛い局面は存在する。

それが、筋トレで解決し、他人の脅しに屈しない生活ができるというならするしかないだろう。

そもそも、舐められてるから脅されるのだ。メスゴリラともなれば、それを脅すガッツのある奴はそうそういないはずである。

第9回 ZOZO前澤社長の壮大な「金持ち行動」と成功の所以

「前澤社長、月へ行く」

これは「完全にストーリーを消化し終わっているのに惰性で続いている少年漫画の次回予告」ではない。ＺＯＺＯＴＯＷＮの前澤友作社長が、今度は月へ行くそうである。

「今度は」と言っている通り、前澤社長のスケールのでかい金持ち行動は今に始まったことではなく、２０１７年にはバスキアの絵画を１２３億で落札している。１億が１２３個だ、意味がわからない。

そして、あのレオナルド・ディカプリオも「俺もバスキア好きなんだよ！　気が合うじゃん！」ということで、二人はバス友になり、ディカプリオの家に行くほどの仲になったそうだ。１２３億の絵が買えれば「実はあたしも山崎ハコ好きなんだ」みたいなノリでディカプリオと友達になれるのである。

もちろん持っている高額美術品はこれだけではないし、他にも高級車や高級ワインを愛好しているようだが、このように金を持っている人が金を使うのは実に正しい。むしろ、こういう人が「ダイソーの108円ワインは1000円の価値がある、特にシラーは頭一つ抜けてる」とか言いだしたら、景気はいつまでたっても回復しない。金のない私ですら経済を回すためにソシャゲのガチャを回しているのだから、こういう金持ちの方には、率先して経済を花びら大回転してもらいたいところである。

「ZOZOスーツ」と福袋

このようにとんでもない金持ちである前澤社長とは一体何者なのかというと、冒頭で言った通り、通販サイトZOZOTOWNを運営する株式会社ZOZOの社長だ。

私は無職ゆえ、服を着る必要がないのでZOZOTOWNを利用したことはないが、私のようにZOZOTOWNを使ったことがない人間でも、「ZOZOスーツ」を見たことがある人は多いのではないだろうか。

ZOZOスーツとは、着ると水玉模様の全身タイツ姿になれるスーツのことである。正確には上下に分かれているズボンとシャツなのだが、両方同じ柄なのでどうしてもそう見える。

もちろん「それが楽しい」というわけではない。そのスーツを着用してスマホアプリと連動させると、正確な体の採寸ができ、そのデータを元に、ＺＯＺＯＴＯＷＮで自分にぴったり合ったサイズの服を買うことができるのである。

これにより、通販の弱点である「試着ができないため、サイズが合うかどうかわからない」という問題が解消される。何より、ＺＯＺＯスーツ自体は無料なので、これを普段使いしてしまってもいいのだ（注：２０１８年10月31日、前澤社長が将来的にＺＯＺＯスーツを廃止し、機械学習による体型予測システムを構築すると発表した）。

また、ＺＯＺＯＴＯＷＮはこれと連動して「おまかせ定期便」というサービスもやっている。ＺＯＺＯスーツで計測したデータを元に、ＺＯＺＯ側がアイテムを何点か選んで送ってきてくれるのだ。まるで福袋だが、利用者はそれを試着し、気に入ったものがあれば買い取り、気に入らないものは返品してよい。もちろん全員に「チェンジ！」と言うことも可能だ。

私のように、もはや自分で服を選ぶことが面倒という人間には大変助かるサービスだし、自分が選ぶより確実にマシなものが送られてくるだろう。もし今度服を着る必要性が出たら、ＺＯＺＯＴＯＷＮを利用してみようかと思う。

日本人初の「宇宙旅行」

このように画期的なことを次々とやっているZOZOTOWNなので、その社長が金持ちなのは当然という気がする。そんな前澤社長が今度は月に行くことにしたらしいのだが、さすがに自分で宇宙船を作るというわけではなく、アメリカの宇宙企業（初めて聞く業種だ）「スペースX」と契約し、そこが開発したロケットで月の周りを回る予定だそうだ。

旅行期間は約1週間で、2023年に実行予定だという。費用に関しては公表されていないが、おそらく「高い」だろう。しかし驚くべきことに、前澤社長は一人でも相当な値段であろうこの宇宙旅行に、画家やミュージシャンらを6～8人つれて行く予定だそうだ。6人か8人かで費用が億単位で変わって来る気がするが、彼にとっては誤差の内なのだろう。

しかし、宇宙というのは、過酷な訓練を積んだ宇宙飛行士が行くもの、というイメージがある。最近の宇宙船は、一般人が旅行感覚で宇宙に行けてしまうほど進化しているのか、それとも前澤社長たちも事前にトレーニングをしたりするのだろうか。

前澤社長はともかく、画家やミュージシャンたちは大丈夫だろうか。特に画家なんか台所に鏡月を取りに行くときしか動かない（※個人の感想です）人種なので、トレーニング段階で命を落とす可能性がある。もしかしたら6～8人というのは、それを考慮にいれて出した数かもしれない。

今まで「宇宙に行く」と言った日本の金持ちは何人かいたような気がするが、結局まだ実現には至っていない。それがついに実現なるか、というところである。

しかし私が仮に月に行ける金を持っていたとしても「怖いから行かない」気がする。むしろせっかく金持ちになったのに、月なんか行って死んだらどうするんだと思ってしまいそうだ。

このように「誰もやったことがないことに挑戦する」「ビビらない」ところが、前澤社長が成功した所以なのかもしれない。

第10回 面倒くささが先に立つ「軽減税率」のしくみ

今回のテーマは「軽減税率」である。

庶民を救う「軽減税率」のはずが……

２０１９年10月、消費税が10％に増税される。この前8％になったばかりやんけ、と思うが、「そうしないと日本ダメです」と言われたら、これからも日本に居座り続ける予定の者としては協力せざるを得ない。

しかし、所得が上がらぬまま税だけ増えれば、当然我々の負担は増加する。特に庶民の生活は圧迫され、スーパーのレジで合計金額が出た後、一つ二つ商品を棚に戻しに行くということが3回に2回は起こるようになるだろう。

そんな庶民や、それよりも苦しい低所得者層を救うという名目で実施を予定されているのが軽減税率である。

軽減税率とは、消費税が10％となった後も、一部商品だけは8％のままにしようという政策だ。一部商品とは何かというと「肉、魚、野菜、などの生鮮食品」「清涼飲料水」「老人ホームや学校の給食」「テイクアウト」「新聞」などである。

要するに、飲食物など生活必需なものを8％のままにすることにより、低所得者層を救おうという作戦だ。その中に何で新聞が入っているのか。生ごみを捨てる時に必需だからか、と思ったが、「報道を味方につけるため」という見方が強い。こんなに露骨でいいのかとハラハラする。

人間食べなきゃ死ぬわけであるから、それらの税率が据え置きというのは一見良いように見えるが、すでにさまざまな問題点が指摘されている。

まずこの軽減税率、低所得者層救済という名目だが、実際に多く恩恵を受けるのは富裕層と言われている。何故なら、食費にかける金額は富裕層の方が当然高いからだ。

例えば食費に月10万かけている富裕層と、三食うまい棒コーンポタージュ味でやりすごしている層がいるとする。前者の裕福勢の場合、軽減税率により毎月2000円消費税が軽減され、年間2万4000円浮くことになる。

片やうまい棒勢は、うまい棒が10円か11円かで一議論あるが、10円と仮定して、毎月の食費が900円、軽減税率による軽減額は月18円、年間216円である。つまり、裕福勢の方が年間2万3784円も多く軽減税率の恩恵を受けているということになってしまう。

例をうまい棒コーンポタージュ味にしてしまったせいで、まったく説明ができてない気がするが、ともかく軽減税率は食費に多く金を使える富裕層の方が、軽減額自体は大きいということである。

「金持ちは恩恵を受けるな、むしろ36%ぐらい多く払え」、というわけではないが、「低所得者層救済」という名目で導入するなら、この軽減税率は適当ではないと言われている。そこを考えてか、低所得者層や子育て世帯に2万円（購入上限額）で2万5000円分の買い物ができる「プレミアム商品券」を配るというが、最大5000円の実質的なキャッシュバックで穴埋めできるのだろうか。

バナナは軽減対象に入りますか？

また、それ以前の問題もある。「うまい棒コーンポタージュ味は軽減税率対象に入るのか」という話だ。

実際、あのスポーツドリンクは清涼飲料水なので8%だが、この栄養ドリンクは指定医薬部外品だから10％だと、その線引きは曖昧かつ細かく、多くの飲食物販売店で混乱が起きると言われている。全国で「バナナはおやつに入るのか」というような古代の議論が、大真面目にされるようになってしまうのである。

また、テイクアウトは８％だが外食やイートインは10％なので、イートインスペースがあるファーストフード店やコンビニでは特に大混乱が予想される。

「早い」「手軽」が売りで私たち庶民に密接な関係があるコンビニやファーストフード店が、この軽減税率導入によりスムーズに行かなくなったら、「消費税10％より、コンビニやファーストフード店でもたつくことがムカつく」という事態になり、客が次々とモヒカンになってしまうかもしれない。軽減税率のせいで、庶民の生活が別の意味で圧迫される可能性があるということだ。

そもそも日本は少子高齢化の労働力不足で、コンビニ店員の確保もままならず、外国人労働力に頼らざるを得ないため、外国人や高齢者でも簡単に操作できるＰＯＳレジを導入するなどの工夫をしている。それなのに、ここでさらにコンビニ業務を複雑化してしまったら、ますます働き手を確保できず、「コンビニ20時閉店時代」の到来が早まるだけだろう。

ちなみに軽減税率を導入することにより、全部10％にする場合より１兆円ほど税収入が少なくなってしまうそうだ。その１兆円をどこでまかなうかというと、総合算制度の見送りやたばこ税、所得税の増税などでまかなう予定らしい。

総合合算制度とは医療、介護、保育、障害などに関する自己負担の世帯合計が一定額を越えたら国が補助をするという制度である。超高齢化社会日本にとっては、医療や介護などを補助してくれる政策の方が大事な気がするが、何故かこちらを見送って、軽減税率を採用するという。

私には理解しえぬ深い理由があるのかもしれないが、私程度の人間の感想としては「もう面倒だから全部10%にしてくれ」という感じだ。

もしかしたら、国民の方から「頼むから全部10%にしてくれ」と言わせるために、この「軽減税率」は存在するのかもしれない。

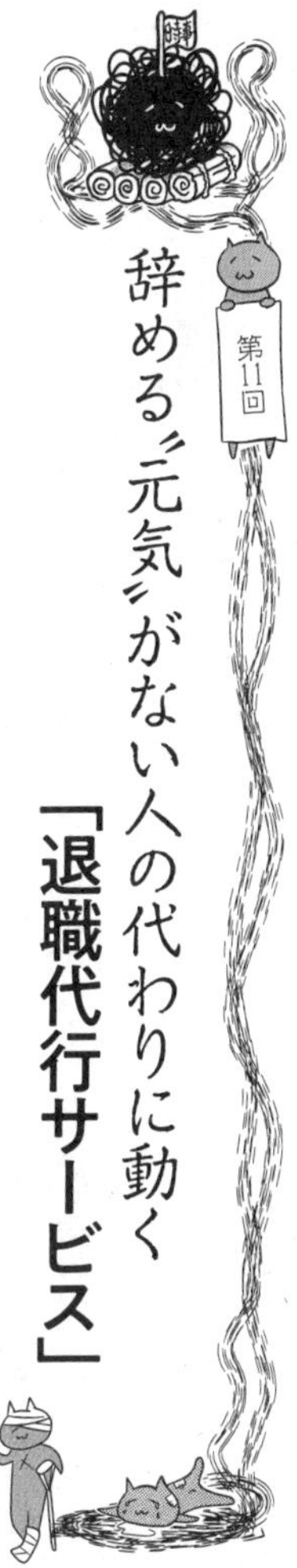

第11回

辞める〝元気〟がない人の代わりに動く「退職代行サービス」

２０１８年、本人に代わって会社退職手続きをしてくれる「退職代行サービス」が話題になった。

このサービスのメリットは、「人生で勇気のいることベスト３」に入るであろう、憂鬱で仕方がない「会社への辞意の連絡」を代わりにやってくれるところにある。その後の退職手続きもすべて間に入ってくれるため、「会社と直接関わらなくて済む」という。

会社で辛い状況にある人間にとって、これは福音とも言えるサービスである。「いざとなったらここに依頼しよう」と思うだけで、かなり気が楽になるのではないだろうか。

このように「良いサービスだ」と評価する声もあるが、「退職手続きぐらい自分でしろ」「非常識」という批判の声もある。しかし、「なぜ自分で言えないのか」と言うのは、性犯罪の被害者に「抵抗すれば防げたはずだ、お前が悪い」と言っているようなものなのだ。

大体、上司などに直接「辞めます」と言うには、元気玉級の元気がいる。それもみんなの元気をちょっとずつ集めたやつではない。みんなからギリギリまで搾り取り、魔人ブウを倒したやつに相当する。

そんな元気、ブラック企業で疲弊している人間にあるはずがない。ましてパワハラやセクハラの被害者は恐怖で支配されている可能性が高いので、もはや面と向かって相手と話すことさえ難しいだろう。

そういう人間に対して「辞表くらい自分で出せばいいのに」などと言うと、本人は「直接言えない自分が悪いのだ」とさらに自分を責めてしまい、ある日、本人の代わりに病院の診断書が出勤してくるか、最悪の場合「退職日と命日の日付が同じ」という事態になりかねない。

疲れ果てている人に「自分で何とかしろ」と言っても、そんなガッツが残っているはずがない。こういう問題は、とにかく間に誰か入ることが重要なのだ。

未だ輝く「黒歴史」と日本の根深い「風習」

この代行サービスはまさに「間に入るサービス」であり、本人にも会社にも関係ない他人が対応するというのがさらに良い。

私も新卒で入った会社が若干ブラック気味でメンをヘラッてしまい、会社を辞めることにはしたのだが、それを自分で会社に伝えることができなかった。

そこでどうしたかというと禁じ手「お母さん」である。さすがにお母さんだけを行かせたわけではなく、「お母さんと診断書と私」という鉄壁の布陣で上司に辞意を伝えたのだ。

しかし、私の3億個ある黒歴史の中でも、この「お母さん同伴退職劇」は未だ輝きを失っていない。20歳の時のこととはいえ、今でも思い出して顔真っ赤になる。あの時にこの退職代行サービスがあれば、もう少し傷が浅かったはずだし、お母さんにもあんなキツイ仕事をさせずに済んだ。

本人だって、自分で辞意を伝えられず、他人にやってもらうというのは少なからず恥ずかしいと思っているものだ。それを赤の他人に相応の対価を払ってやってもらえるとなれば、少なくとも身内を立てるよりずっと気が楽であり、次へも進みやすい。

このように、とにかく会社の人間と顔を合わせることなく一瞬で会社を辞めたい時、この退職代行サービスは実に有用である。しかし、「辞めるだけでは済まない」時には注意が必要だ。

退職代行サービスはあくまで間に入って退職手続きをするだけなので、弁護士のように「退職交渉」はできない。つまり、サビ残の補塡など給料に関する要求や、退職理由を「会社都合」にしてくれといった交渉はサービスの範囲外になる。

というのも、退職代行サービス業者の中には、それらの交渉をして良い資格を持っていない場合もあり、対応すると違法になってしまうのだ。現時点でも、この退職代行サービスはグレーだという指摘もある。

追いつめられている時は、とにかく会社を辞められればそれで良いと考えがちだ。だが、それだと自分が不利な形で辞めさせられ、受けられるはずの権利を失うかもしれない。そのため、はっきり白黒つけたいことがある、場合によっては訴訟も辞さないという場合は、弁護士などしかるべき資格を持った者を間に入れる必要がある。

もちろん退職代行サービスより費用も時間もかかるので、ギリギリどころか地球のみんなが死ぬぐらいの元気を集めないと、なかなかそこまで踏み切れないとは思う。とはいえ、職を失った上に泣き寝入りも良くないだろう。

しかし、日本には「退職＝会社や周りに迷惑をかけること」と思わせる風潮がある。普通の退職でさえ、「そういえば全然使ってない有給はどうなったんだろう」と思ってはいても、辞める身ではそこまで言い出せず、「夜空に消えたんだな」と飲み込んで、そのまま退職してしまうケースも少なくない。

だいぶ変わってきたとはいえ、日本人には「自分の権利主張するのヘタクソか」という面がある。ただ、もちろんヘタクソにしたのは、権利を主張しにくい環境を作った社会だ。真面目な人ほど辞める時もキレイに辞めたいと思いがちだが、そうしている内に取り返しがつかないほど病んでしまうこともある。

大体、キレイな退職などない。結婚や出産などの慶事で辞めた人間でさえ、「この忙しい時に」と一回は陰口を言われているものである。しかし、もう辞めているんだから、その陰口が本人の耳に入ることはない。つまり、辞めたあと自分が何を言われるかなど考えなくていいのだ。

誰もが、辞表を社長の眉間めがけて矢文で飛ばせる人間というわけではない。いざという時、第三者に頼るのを恥とは思わず、この「退職代行サービス」のことを胸に置いておくといいだろう。

特別書下ろし

そして非リア王は伝説の無職になった……

さすがに 1日目で 辞めるわけには…
いや 朝礼にいた奴が 夕方にいないことは よくあるけども！
カベ
しばらく両方やって 漫画が売れたら 辞めよう！
カベ
そして 9年の月日がたった
いやあ 売れねえし 辞めれねえ
とてもやっていけねえ
一発当てるのが 無理なら 薄利多発で いくしかないな
来た仕事は タダと 「死んでくれ」 以外は全部やる
もやし
ムリムリムリ！
会社行きながら こんな仕事量 やれるわけがねえ
もう会社で ちょっとやって しまおう
そしてデビューしてから 9年半後
カレー沢（仮名）さん ちょっといいかな

PTSDが再発するので
会社の人の顔と音声は
変えています
カレー沢さん
「何か」やってる
よね
そりゃ
バレるわ!
会社で他の
「経済活動」は
まずいと
思うんだよね
「何か」の内容に
触れないように
している!
会社でそういうことを
やらないなら
このまま続けても
いいんだけど
絶対またやる
逆! 逆!
辞めます!

引継ぎはちゃんとしてね
明日からもう来たくねえ
じゃあ退職は3ヵ月後で
長くない!?
会社の人間全員「何か」のこと知ってるんだろうな
その状態で3ヵ月って地獄だろ
しかしその3ヵ月「何か」について聞きに来るものは誰1人いなかった
カタ
カタ
カタ
カタ
何故なら9年間誰とも会話しなかったからだ
もし会社の人間と仲よくなってたら
コレ書いてるんでしょ
会社で「カレー沢薫」と呼ばれていたかもしれない
非リア充…いや
コミュ障で良かったー!
ドーン!!
退職!!

長らく会社員との兼業作家生活をしていたのだが、先日ついに会社を辞め、専業無職となった。

そもそも何故兼業作家になったかというと、話は約10年前まで遡る。

その時も私は無職だった。

つまり何も変わっていないのだが、今は無職に専念する傍らこのような文章や漫画を描いたりするという、無職としては純度が低い、違法薬物で言えばロシア産ぐらい質の悪い無職なのだ。よって無職になったからと言って「心機一転新しい事を始めよう」という気にすらならない。

片や10年前は本当に無職以外の仕事はしていない、グラム数十万は下らない純度の高い無職だったのである。

おまけにまだ20代という若さもあった上、さらに無職が社会保険など、全てを失う代わりに唯一手に入れるという「時間」も膨大にあった。

つまり「この無職期間は自分を成長させるチャンスだ」という若年性無職ハイマー患者が必ず見るという幻覚が見えていた。

ここで無職が何をしだすかというと、まず圧倒的に筋トレを始める（当社調べ）。

その次がスキルアップと称して何らか使いどころのない資格の勉強を始めるのだ。

しかし何せ私はハイスペの意識の高い無職だったため、そういった普通の無職がやりだすことには目もくれず、何か別の新しい事をしようと思ったのである。

それが「漫画の投稿」だったのだ。

しかし、これは「新しく漫画を描いて投稿する」ということではない、それ以前に描いていた特に完結もしていない漫画のデータをプリントして送っただけである。

つまり私の「新しい事」というのは正確には「郵送」だ。

そしてその「郵送」後も新しい漫画を描くことはなかった。何故なら無職というのは信用も立場もないがそれ以上に金がない。純度の高い無職はそのハイクオリティさ故にそれを維持するのが難しく、1年以上続けると失業保険が切れるなどして今度は人間生活を維持するのが難しくなってくる。

つまり私は、再就職の必要に迫られていた。そして6回ぐらい採用面接に落ちたあと、地元の会社の事務員として就職することとなったのである。

そしてその会社に初出社した日に漫画を「郵送」した編集部から電話がかかってきたのだ。

すわ新人賞受賞か、と思ったら「落選した」というお知らせだった。

わざわざ落選者全員に電話で落選をお知らせしているのか、さすが天下の講談社、仕事が丁寧、どうせなら私も田舎の事務職などではなく、電話で一件一件漫画家を夢見る若人に落選をお知らせする仕事に就きたかった。

そう思ったが、話を聞いてみると、賞は取れなかったが、自分は面白いと思ったし、編集長がいたく気に入っているので連載しないか、ということだった。そしてその2ヵ月後本当に雑誌での漫画連載が始まってしまったのである。

上手く行きすぎな話なのだが、これ以降、全く上手く行ってないのでご容赦いただきたい。

しかし前述通り私は社会復帰して2日目だった。30年前だったら、3日目に辞表を出して専業漫画家としてスタートしていたかもしれないが、その時すでに漫画家というのは決して景気の良い職業ではない、ということが判明している時代だった。

しかも急に連載が始まったということは、急に終わる可能性も高いということである。

よって、ここでは下手に動かず、二足のわらじを履き、漫画が売れたら会社は辞めるという方向でいくことにした。

そして辞められないまま8年ぐらいの月日が経った。

何故辞められなかったかというと「売れたら辞める」という方針にしてしまったからだ。

つまり一向に売れなかった、痛恨のスローガン設定ミスである。

『ONE PIECE』の作者が『ONE PIECE』以外の連載を持っていないの

は売れていないからではない、それ1本がメチャクチャ売れているため他をやる必要がないからだ。

逆に言うとメチャクチャ売れてない作家は、仕事本数を増やし原稿料で小金を得るしかない。

よって私は来た仕事はほとんど断らなかった。

その結果、とてもじゃないが、昼仕事して夜原稿を描くという生活では全てを回せなくなってきた。経済を破綻させないことにこだわるあまりに生活が破綻したのである。

そんな状態だったので、兼業作家生活末期には会社で原稿を描くようになっていた。

そして結論から申すと、それが会社にバレ、居られなくなって辞めたというのが、私が専業作家という名の無職になった顛末である。

完全に私の不徳の致す所、私が社会人として人として非常識極まりなかったせいで起こったことである。会社には大変迷惑をかけた。

こうして「漫画が売れたら会社を辞める」という目標は「漫画は売れないし職も失う」というかなり惜しい形で達成されることとなった。

最後になるが、この本のタイトルは『非リア王』である。

だが非リア充、つまり現実でのコミュニケーション能力と社会性があまり高くないという特性は、社会の中にいてこそ初めて顕著になるものだと気付いた。

つまり会社員時代は「俺って非リア充だな」と自覚し惚れ惚れすることが出来たのだが、無職になり社会との関わりがなくなると、自分の社会性の有無すらわからなくなってしまうのだ。

非リア充としてのアイデンティティをしっかり持ちたかったら、会社は辞めるな。

非リア王からただの無職ひきこもりになった人間からの最後のアドバイスだ。

あとがき

少しは「非リア充」こそが今の世に即したクレバーな生き方だと理解してもらえただろうか。

金はないのに寿命ばかりが延びてしまった俺たちである、太く短く生きたくても、栄養と医療がそれを許さない。

人生やりきったと思った瞬間から余生が35年ぐらい続いてしまったりするのである。

その点、非リア充は生まれた瞬間から老後がはじまる。何もやりきってないのに、やりきった感満載の、出がらし風味あふれる生活が死ぬまで続くのである。

だが長期スパンで戦わなければいけない今だからこそ、ピークがどれだけ高いかよりも「ずっと低い」という安定感の方が重要なのではないだろうか。

若い期間より老後の方が長くなってきた現代では「栄光」があると「栄光を引きずる期間が長い」ということになってしまう。ずっと栄光が続く人なら良いがさすがに90歳まで頭皮以外が輝いている人間というのは少数派だろう。

昔の自慢話が長いジジイババアは嫌われがちなので周囲のケアの質が低下する恐れすらある。

よってこれからは「一瞬たりとも栄光期間がない」という人間の方が逆に謙虚かつ「強い」と言えるようになるのではないだろうか。

そんな、低燃費安定型コスパ最高な生き方が「非リア充」なのである。

しかし、この生き方の一番良いところは何ですかと聞かれると「特にない」。

特に良いことはないが、すごく悪いこともないのが非リア充である。よって非リア充を名乗る奴は、そこまで自分のことを卑下しておらず、むしろスマホやPCの画面越しに他人を高みの見物しているタイプなので、そう名乗られ次第、火をつけよう。

ITコラムの方は、今改めて読み返してみると「全く意味がわからないことについて頑張ってよく書いてるな」と自分を褒めたくなったので、早速アスファルト上で一人胴上げを敢行してこようと思う。

それでも中には、本当に意味がわからなかったのか、関係ないことを半分以上書いてしまっている項すらある。

その後、ITコラムは終了し今度は時事問題について語るコラムが始まったのだが、その時私はすでに無職であった。

無職に社会問題を問うというのは、離婚会見で夫婦円満のコツを聞くようなものではないだろうか、と一瞬思ったが、非リア充が決して負け組の生き方ではないのと同じように、無職だからといって卑屈になる時代はもう終わったと確信している。

「職業に貴賤なし」というなら当然その中に無職も入っているはずだ、つまり無職は「賤」ではない。

だからと言って貴でもないとは思うが、無職が社会を断って何が悪いのだという話だ。こっちは社会保険を切られているのだから、切り返すのは当然だ。

それに、人生相談を受ける人が何故他人の悩みに答えられるかというと自分には直接関係ないことだからだ。

よって、社会問題も、社会と関わりが薄い無職の方が客観的視点で見られたりするのだ。

社会の一員だったら見えない物が無職には見えているのである。ただそれを一般人や医者が「幻覚」と呼ぶだけなのだ。

だが、社会と接点がないせいで、コラムでお題を出されてはじめて「そんなことがあったのか」と知ることが多い。このコラム連載で２０１９年10月に消費税が上がることを２０１８年11月頃に知ったぐらいだ。

この時事問題のコラムは今も連載が続いているのだが、お題が来るたびに「聞く人間を間違えてはいないか」とは思う。

カレー沢薫

「今が最悪」と言える間は、最悪ではない。
『リア王』第4幕第1場より
The worst is not, So long as we can say,
'This is the worst.'

初出

○「非リア王」　「IN☆POCKET」2016年7月号〜2018年8月号
○「IT用語」　「マイナビニュース」〝兼業まんがクリエイター・カレー沢薫の日常と退廃〟（2016年4月26日〜2018年7月24日）掲載分から抜粋し、加筆・修正
○「時流漂流」　「NewsInsight」〝カレー沢薫の時流漂流〟（2018年8月6日〜2019年1月7日）掲載分から抜粋し、加筆・修正

※内容は、執筆当時のものです。

|著者| カレー沢 薫　「漫画家にして会社員にして人妻」改め、無職兼作家。生まれて初めて投稿した漫画が、新人賞で落選したにもかかわらず「モーニング」にて連載化。プロレタリアート猫ちゃん漫画『クレムリン』として話題作となる。独自の下から目線で放つコラム＆エッセイにもファンが多い。漫画作品に『アンモラル・カスタマイズZ』『ニコニコはんしょくアクマ』『やわらかい。課長起田総司』『ヤリへん』『猫工船』、エッセイに『負ける技術』『もっと負ける技術』『負ける言葉365』『ブスの本懐』『女って何だ？』『やらない理由』『猥談ひとり旅』など。

非《ひ》リア王《おう》

カレー沢《ざわ》 薫《かおる》

2019年２月15日第１刷発行
2019年２月20日第２刷発行

発行者――渡瀬昌彦
発行所――株式会社　講談社
東京都文京区音羽2-12-21　〒112-8001
電話　出版（03）5395-3510
　　　販売（03）5395-5817
　　　業務（03）5395-3615

Printed in Japan

講談社文庫
定価はカバーに
表示してあります

デザイン―菊地信義
本文データ制作―講談社デジタル製作
印刷―――豊国印刷株式会社
製本―――株式会社国宝社

ISBN978-4-06-514592-0

講談社文庫刊行の辞

二十一世紀の到来を目睫に望みながら、われわれはいま、人類史上かつて例を見ない巨大な転換期をむかえようとしている。

世界も、日本も、激動の予兆に対する期待とおののきを内に蔵して、未知の時代に歩み入ろうとしている。このときにあたり、創業の人野間清治の「ナショナル・エデュケイター」への志を現代に甦らせようと意図して、われわれはここに古今の文芸作品はいうまでもなく、ひろく人文・社会・自然の諸科学から東西の名著を網羅する、新しい綜合文庫の発刊を決意した。

激動の転換期はまた断絶の時代である。われわれは戦後二十五年間の出版文化のありかたへの深い反省をこめて、この断絶の時代にあえて人間的な持続を求めようとする。いたずらに浮薄な商業主義のあだ花を追い求めることなく、長期にわたって良書に生命をあたえようとつとめるところにしか、今後の出版文化の真の繁栄はあり得ないと信じるからである。

同時にわれわれはこの綜合文庫の刊行を通じて、人文・社会・自然の諸科学が、結局人間の学にほかならないことを立証しようと願っている。かつて知識とは、「汝自身を知る」ことにつきていた。現代社会の瑣末な情報の氾濫のなかから、力強い知識の源泉を掘り起し、技術文明のただなかに、生きた人間の姿を復活させること。それこそわれわれの切なる希求である。

われわれは権威に盲従せず、俗流に媚びることなく、渾然一体となって日本の「草の根」をかたちづくる若く新しい世代の人々に、心をこめてこの新しい綜合文庫をおくり届けたい。それは知識の泉であるとともに感受性のふるさとであり、もっとも有機的に組織され、社会に開かれた万人のための大学をめざしている。大方の支援と協力を衷心より切望してやまない。

一九七一年七月

野間省一